Dietrich Schilling, Jahrgang 1945, hat nach seinem Germanistik-Studium fast 40 Jahre lang als Hörfunk-Redakteur beim NDR gearbeitet. Er ist verheiratet und lebt als freier Autor in Hamburg.

Stephan Zörnig, Jahrgang 1947, hat in Hamburg als Lehrer am Gymnasium gearbeitet. Er reist gern und spielt Rock'N'Roll.

Der fremde Alltag

Geschichten aus Kambodscha

1. Auflage Mai 2019
Copyright © 2019 Dietrich Schilling. Alle Rechte vorbehalten.
Herstellung und Verlag: BoD - Books on Demand, Norderstedt
Umschlaggestaltung, Satz und Layout: Christian Fillies
Illustrationen: Stephan Zörnig
Printed in Germany
ISBN: 9783748156437
Mehr auf: www.dietrichschilling.de

Dietrich Schilling

Der fremde Alltag

Geschichten aus Kambodscha

Mit Illustrationen von
Stephan Zörnig

Inhaltsverzeichnis

Vorwort

Die Geschichten und kleinen Reportagen, die Sie in diesem Bändchen vorfinden, sind aus persönlichen Erfahrungen und Eindrücken entstanden. Sie stammen von mehreren, auch längeren Reisen nach Kambodscha. Sie sind also subjektiv und erheben nicht den Anspruch allgemeingültig zu sein.

Dennoch glaube ich, dass sie ein wirklichkeitsnahes Bild des Landes vermitteln, so wie Besucher aus dem Westen es erleben - zumindest einen Ausschnitt davon. Denn das, was ich beschreibe oder erzähle, habe ich so oder ähnlich immer wieder erfahren. Von anderen Reisenden habe ich Vergleichbares gehört.

Die Geschichten erzählen fast immer von den kleinen Beobachtungen am Rande, die uns als Besucher des Landes überraschen. Der Alltag der einheimischen Bevölkerung ist uns fremd; wir reiben uns die Augen oder glauben nicht richtig zu sehen oder zu hören. Doch beinahe immer stellt sich schließlich heraus, dass die Ursache für unsere überraschte Reaktion auch bei uns selbst zu suchen ist. Wenn zwei fremde Kulturen aufeinandertreffen, ist nicht nur die eine der anderen fremd, sondern die andere auch der einen. Das ist eine alte Weisheit. Aber man sollte sie nicht vergessen.

Dietrich Schilling

Unglaubliches vom Airport

Verzeihen Sie mir, dass die erste Geschichte noch gar nicht in Kambodscha spielt. Ich habe sie auf der Reise dorthin erlebt; sie erzählt von einem ganz besonderen Mann. Er arbeitet als Reinigungskraft auf dem riesigen Airport in Dubai. Und zwar in einer der zahlreichen Toilettenanlagen auf den Flugsteigen, die sich wie die Arme von Kraken in alle Richtungen ausstrecken. Hunderte von Flugzeugen werden da abgefertigt. Tausende von Menschen sind dort unterwegs. Und geschätzt jeder zweite oder dritte muss irgendwann auch einen kurzen Zwischenstopp auf dem Klo einlegen.

Mein Flieger war pünktlich gelandet, und ich hatte trotz der langen Wege (18 Minuten waren angekündigt!) genügend Zeit, ganz entspannt zu meinem Anschlussflug nach Phnom Penh zu schlendern. Das Bordgepäck über die Schulter gehängt, zog ich meine vorgesehene Bahn vorbei an zahllosen Glasvitrinen mit Goldschmuck, Kosmetikartikeln, Handtaschen, Handys, Textilien und Alkoholika, an Restaurants, Coffee-Shops und SnackBars. Was der Mensch nicht alles braucht! Da gehen einem die Augen über! Doch zunächst kaum spürbar, bald jedoch stärker lenkte mich irgendetwas etwas ab von diesem Überfluss, und ganz allmählich formte sich in meinem Gehirn der banale Gedanke: Ich muss mal.

Das nächste Klo war nicht weit. Ich betrat einen Gang, eine Art Marmor-Tunnel, der in einen sehr großzügig dimensionierten Raum mündete. Auf der einen Seite waren etwa 10 Waschbecken angebracht, eingelassen in eine schicke Milchglasplatte. Mit silbrig glänzenden Wasserhähnen und Spiegeln darüber, die makellos glänzten. Ich war beeindruckt. Und glauben Sie mir: es fiel mir nicht leicht, mit meinen schwarzen Straßenschuhen den ebenfalls spiegelblanken Marmorboden zu betreten. Aber ich hatte keine Wahl. Doch Glück: unter den ebenfalls etwa 10 Türen, die sich gegenüber den Waschbecken befanden, zeigte eine ‚weiß‘, war also frei.

Damit beginnt die eigentliche Geschichte. Ich hatte die Tür nämlich gerade geöffnet und schickte mich an, den kleinen, intimen Ort dahinter zu betreten, als plötzlich irgendetwas Lebendiges an mir vorbei huschte. Ich erschrak. Aber es war nur ein Mensch. Ein Mann. Ein ziemlich kleiner. Meine anfängliche Verwunderung verwandelte sich schnell in Empörung. Wieso drängte sich dieses Männlein dazwischen?

Ich kam gar nicht dazu, die Frage zu beant-
worten, denn schon lief so etwas wie ein Zeitraffer-Film
vor meinen Augen ab, der keiner war. Der kleine Mann
war ja weder fiktional noch digital, sondern real. Er trug
eine Art Dienst-Anzug, penibel gepflegt, und präsentierte
sich auch selber wie aus dem Ei gepellt. Sein Haar sauber
geschnitten, sein Hemd blütenweiß, die dunkelblaue
Tuchhose scharf gebügelt. Soeben klappte er den Klodeckel hoch und wischte mit einem feuchten Tuch, das nach
Frangipani duftete, über die Klobrille. Sorgfältig. Hin und
her. Nicht einfach so, sondern mit festem Druck. Mindestens drei-, viermal. Und so schnell, dass man mit den
Augen kaum folgen konnte. Das war keine Show! Irgend-

etwas schien für ihn sichtbar zu sein, das mir entgangen war. Schließlich trat er zurück, betrachtete sein Werk, klappte den Klodeckel wieder herunter, wischte auch ihn sauber, zog die Spülung, drehte sich kurz zu mir um und sah mir in die Augen mit einem Blick, der zu sagen schien: Keine Sorge, wir kriegen das hin! Dann prüfte er den Vorrat an Papierrollen (wie viele würde ich wohl mindestens brauchen?), drückte sich nochmals elegant an mir vorbei, strahlte mich froh und zufrieden an und bat mich mit einer höflichen Handbewegung, Platz zu nehmen. Schließlich verschwand er, rückwärts gehend, mit einem leichten Bückling eilends aus meinem Blickfeld.

Unglaublich!

Aber es sollte noch ganz anders kommen ...

Als ich das kleine Etablissement wieder verlassen hatte und mir die Hände wusch, gerieten versehentlich ein paar Wassertropfen auf das Milchglas neben dem Waschbecken. Und seltsam: es war mir ein bisschen peinlich. Ich spürte so etwas wie Schuldbewusstsein und legte mein Waschetui mit der Zahnbürste verstohlen auf die Wassertropfen. Doch da hatte ich die Rechnung ohne den Kleinen gemacht. Plötzlich stand er wieder neben mir, hob meine Waschtasche an und rieb sie mit einem schneeweißen Lappen trocken. Dann senkte er das Tuch auf das inzwischen leicht verwischte Wasser, rieb das Milchglas in der Geschwindigkeit, die ich schon kannte, trocken, trat zurück, betrachtete es kritisch und erteilte ihm schließlich die Absolution.

Dergleichen hatte ich noch nicht erlebt. Natürlich dachte ich an ein kleines Trinkgeld. Und als ich mit dem Zähneputzen fertig war (ich hatte keinen Tropfen Wasser mehr verspritzt!), kramte ich mein Portemonnaie hervor und zog eine Dollar-Note heraus.

Doch wieder kam mir der Kleine zuvor. „Danke, ich möchte kein Geld!", sagte er in gutem Englisch. Er schaute mich ein wenig von unten herauf an, was jedoch nur an seiner Körpergröße lag.

„Aber Sie haben gute Arbeit gemacht", sagte ich zögernd, „sehr gute Arbeit."

„Ich weiß. Das sagen viele. Mehr will ich aber nicht."

Ich war ein wenig hilflos, mir fehlten die Worte.

„Wissen Sie", flüsterte er mir plötzlich zu und achtete offenbar darauf, dass niemand unser kleines Gespräch mithörte. „Ich bin sogar vor einer Woche befördert worden!"

„Ach", sagte ich ohne zu verstehen, warum er mir das mitteilte, „das ist ja schön, dann verdienen Sie jetzt wenigstens ein bisschen mehr."

Er schaute mich an, als wollte er sagen: kapierst du denn nicht? Und es war tatsächlich nicht ganz einfach zu verstehen, was er meinte.

„Nein", sagte er eine Spur enttäuscht, „ich verdiene nicht mehr. Aber ich bin jetzt für einen größeren Bereich verantwortlich! Das ist doch wunderbar, oder?

Der gelbe Gürtel

Große Spannung kann man schon mit wenig Aufwand erzeugen. Ein besonders gutes Beispiel dafür ist der Filmregisseur Hitchcock. Doch es gibt auch andere Meister ihres Fachs. Genau so effektiv wie der berühmte Regisseur sind, so seltsam es klingt, die Flughäfen. Und das besonders, wie es sich gehört, wenn es auf das Ende der Geschichte zu geht, in diesem Fall also der Reise. Dann kommt der Höhepunkt. Denn dass Sie gut gelandet sind, will nichts heißen. Jetzt kommt es drauf an! Jetzt wird sich entscheiden, ob auch der Koffer gelandet ist. Ist er - oder ist er nicht? Was ist, wenn nicht?

Vor den allerschlimmsten Phantasien kann nur die Hoffnung bewahren. Und so geht der Blick unentwegt dorthin, wo das Gepäck aus der Anonymität hervorquillt. Ein Koffer nach dem anderen kippt dort auf das Laufband und beginnt seinen Schleichweg. Rucksäcke, Kartons und dutzende anderer Gepäckstücke folgen. Aber Ihr Teil ist nicht dabei. Werden Sie nervös? Da! Nein - der sieht nur so ähnlich aus. Es gibt ja so viele schwarze Koffer! Aber warum ist Ihrer nicht dabei? Immer mehr Passagiere haben ihr Gepäck längst bekommen und verlassen gut gelaunt die Halle. Nur Sie stehen noch da und warten. Und einige andere, denen es auch nicht besser geht.

Um diese unwillkommene, nervenaufreibende Spannung ein bisschen zu reduzieren hatte ich mir einen Koffergürtel gekauft. Der sollte mein Gepäck schneller erkennbar machen. Ich weiß: deswegen kommt mein Koffer auch nicht früher, aber ich kann ihn früher erkennen. Von weitem. Und mich dann glücklich entspannen in dem Bewusstsein: in wenigen Sekunden werde ich ihn vom Laufband ziehen.

„Welche Farbe hat Ihr Koffer?", fragte die Verkäuferin. „Soll die Farbe des Gürtels eher dezent sein?"

Natürlich nicht! Was nützt mir eine „dezente" Farbe? Schreien muss sie, alle auf sich aufmerksam machen, sich beißen mit der des Koffers. Und da meiner weinrot ist, suchte ich mir ein schreiendes Gelb aus. 6 Euro. Made in China. Naja. Man kann seinen Prinzipien nicht immer treu bleiben.

Und diesmal trete ich meinen Flug nach Phnom Penh, der Hauptstadt Kambodschas, ruhiger an. Natürlich habe ich Zahnbürste und Rasierer im Handgepäck; man kann ja nie wissen. Aber die werde ich nicht brauchen. Jedenfalls nicht, bevor auch mein Koffer am Ziel angekommen ist.

„Belt 2", heißt es bei der Ankunft.

Und da stehen sie alle. Müde und entsprechend geduldig. Noch rührt sich nichts. Still liegt das Band. Ab und zu, wenn die große Tür zum Empfangsraum aufklappt, sieht man Freunde, Verwandte, Geschäftspartner oder ihre Fahrer warten, viele ein Schild mit Namen in der Hand. Ob der Taxichauffeur dabei ist, den mein Hotel schicken wollte?

Ich freue mich auf ein Bierchen und auf ein schönes Bett!

Da leuchtet ein Lämpchen auf, ein schrecklich digitaler Ton beißt mir ins Ohr. Und im selben Augenblick ruckt das Laufband an, auch durch die Menge der Wartenden geht ein wahrnehmbarer Ruck. Fast alle treten ein, zwei Schritte näher an das Band heran, als habe man sie dazu aufgefordert. Und als ob der Koffer dadurch eher käme! Ich bewahre die Ruhe und sage mir: der gelbe Gürtel wird sich melden! Großartig, dass ich die Idee dazu hatte. Gut, ich bin nicht der Einzige, aber einen so schreiend gelben Gürtel wie meinen habe ich noch nie gesehen.

Ein Mann in meiner Nähe reißt einen weinroten Koffer vom Band, ganz ähnlich dem meinen. Aber ohne Gürtel! Ich bin entspannt.

Dann erscheint ein stark deformierter Karton,

kaum zusammengehalten von Kordeln und Paketband. Traurig zieht er seine Bahn. Wer so etwas riskiert! Und dass die Fluggesellschaft das mitmacht!

Plötzlich stoppt das Band. Ganz kurze Verunsicherung, aber keine Panik! Ich bin ja nicht der einzige, der wartet. Da stehen noch so viele. Und eine halbe Minute später ruckt es auch schon wieder an.

Nun geht es rasant. Ein Gepäckstück nach dem anderen erscheint. Sie drängeln sich förmlich durch die Gummivorhänge, die die Sicht ins Herz der Abfertigung versperren. Nur von meinem ist nichts zu sehen. Kommt der Weinrote vielleicht doch erst später, weil ich so früh eingecheckt habe? Ach, was soll die Spekulation! Wer kennt schon die Geheimnisse des Koffertransports? Mich irritiert allerdings, dass nur noch wenige Passagiere auf ihr Gepäck warten.

Da! Endlich! Der gelbe Gürtel! Aber kann ich meinen Augen trauen? Er kommt allein! Ohne Koffer! Einsam liegt er auf dem Belt und fährt mir langsam entgegen. Als er nahe genug an mich herangekommen ist, fällt mir sofort auf, dass der schwarze Steckverschluss fehlt. Wie eine Schlange räkelt sich der Gürtel, aber Maul und Schwanz passen nicht mehr zusammen.

Eine heiße Welle durchflutet mich. Wie in Trance greife ich nach dem amputierten Gürtel und schaue ihn mir genauer an. „Made in China"! So ein Mist! Der

Verschluss ist abgerissen. Dabei hatte er so stabil gewirkt.

Was nun? Mir fällt nur ein, mich nach einem Schalter umzusehen, an dem man verloren gegangenes Gepäck melden kann. Oh, nein, hatte ich die Boarding Card beim Verlassen des Flugzeugs nicht in den Müll geworfen? Und mit ihr das digitale Kennzeichen für meinen Koffer?

Mein Zustand grenzt allmählich an Verzweiflung. Aber in den Momenten größter Hoffnungslosigkeit geschehen manchmal Wunder. Und als ich da stehe, den Gürtel in der Hand, und einen Meter unter mir schemenhaft das Band vorbeiziehen sehe, da drängt sich plötzlich etwas von links in mein Blickfeld. Etwas Weinrotes. Beinahe erschrocken weiche ich zurück, dann gucke ich genauer hin. Dieser Koffer hat dieselben bunten Bänder am Griff wie meiner. Es ist meiner! Was für ein Gefühl!

Draußen wartet mein Taxichauffeur. Auf dem Weg ins Hotel wird mir klar, dass ich noch dazulernen muss.

Einen Schritt bin ich jedoch schon weiter: nie wieder „Made in China".

Die Dame aus Battambang

Ich hatte gerade mein Bier bekommen, als sich die Frau an den Nebentisch setzte. Sie war mir schon vorher aufgefallen. Bedächtig, fast stolz war sie die Straße entlang geschlendert, als sei sie auf der Suche nach etwas. Ganz in schwarz gekleidet, ihre Beine von einem unauffälligen, elegant geschneiderten Rock bedeckt, stach sie deutlich ab von den jungen Dingern, die sich kichernd und kreischend vor der Bar gegenüber drängelten. Das waren kleine, kaum erwachsene Mädchen. Die meisten in äußerst knappen Höschen, viel zu unbedacht großzügig mit ihren weiblichen Attributen.

Die Frau in Schwarz bestellte sich ein Bier. Erst jetzt fiel mir der Goldschmuck auf, den sie trug. Dünne Kettchen an den Handgelenken und im Haar; zarte, goldene Schuhbänder in den grazilen Sandaletten. Ich bemühte mich, nicht allzu auffällig hinzugucken, hatte jedoch den Eindruck, dass sie ihren Blick auch mehrmals in meine Richtung lenkte.

War sie etwa doch eine? Ich war unsicher. Wie alt mochte sie sein? Vielleicht 30? Vielleicht auch älter?

„Where are you from?", fragte sie plötzlich und beugte sich ein Stück zu mir hinüber. Der übliche Satz, mit dem man auch in Asien das Gespräch mit einem Ausländer beginnt.

„Hamburg? Where is Hamburg?"

Ich erklärte es ihr. Sie zeigte sich interessiert, schien es aber nicht zu verstehen. Stattdessen lächelte sie ein überraschend apartes Lächeln, wohl als Entschuldigung. Dann kam ihr eine Idee: Sie zog ein Handy aus ihrer Handtasche, rückte ein Stückchen näher, öffnete Google Maps und bat mich, ‚Hamburg' einzutragen. Ob sie sich dann tatsächlich vorstellen konnte, wo genau in der Welt diese Stadt liegt, weiß ich nicht zu sagen.

„And you? Where are you from?", fragte ich zurück.

„I am from Battambang", war die Antwort. Ich wusste: Battambang ist eine größere Stadt, ein sehr angenehmer Ort. Sie liegt an einem Fluß im Westen, ist berühmt für ihre koloniale Architektur und ihre entspannte Atmosphäre.

Die Frau erzählte mir, dass sie die meiste Zeit bei ihren Eltern in Battambang lebt und augenblicklich nur für ein paar Tage in Phnom Penh ist, aus geschäftlichen

Gründen. Sie sei Juwelierin und wolle Schmuck verkaufen. Aber lange würde sie diesmal nicht hier bleiben wollen; die Stadt sei ihr zu unruhig.

Ich schaute auf ihre Kettchen. „Ja, die habe ich selber gemacht!", sagte sie.

In dem Augenblick klingelte ihr Handy. Sie stand auf, entschuldigte sich und entfernte sich ein paar Meter, um das Gespräch zu führen. Das war für mich die Gelegenheit, sie genauer zu betrachten. Irgendetwas an ihr war mir nämlich ungewöhnlich vorgekommen. Und da sie in ihr Gespräch vertieft war, konnte ich es mir leisten sie direkt anzugucken. Und so, wie sie da stand, fest und sicher, und wie ihre klare, eine ganz leicht schneidende Stimme zu mir herüber drang, kam mir plötzlich ein Verdacht: War sie ursprünglich gar keine ‚Sie'? War sie vielleicht eine von den vielen Transis, die es hierzulande gibt?

Als sie ihr Gespräch zu Ende geführt hatte und sich wieder neben mich setzte, schaute sie mich plötzlich unverblümt an.

„I don't want to sleep with you!", sagte sie und lachte mich an, als wolle sie mich von meinen Spekulationen entlasten.

Damit hatte ich nicht gerechnet. Ich war stumm. Und sie griff wie zur Beruhigung nach meinem Handgelenk. Der Griff, nur sehr kurz, elektrisierte mich. Aber

ihr apartes Lächeln, das zugleich etwas Amüsiertes hatte, wirkte wie eine Entwarnung. Ich kam mir vor wie ein Junge, der von einer älteren Frau in Obhut genommen wird.

„Oh, icecream!", sagte sie plötzlich und zeigte auf einen Wagen, der soeben an uns vorüberzog. „You want one?"

Ich wollte keines. Mit Eis bin in vorsichtig in asiatischen Ländern. Ihr schien es aber zu schmecken.

Als sie damit fertig war, fragte sie mich, ob ich nicht Lust hätte sie in eine Bar in der Nähe zu begleiten. Ich brauche keine Angst zu haben, ich müsse ihr nichts bezahlen. Sie habe genug Geld. Aber ich lehnte ab. Nicht, weil ich mir einen letzten Rest Unsicherheit bewahrt hatte, sondern weil ich müde war von einer langen Reise.

Wieder lächelte sie ihr Lächeln. Es kam mir von mal zu mal hübscher vor. Aber ich hatte zugleich das Gefühl, dass sie ein bisschen enttäuscht war. Oder täuschte ich mich?

Wir schwiegen eine Weile. Ich nippte an meinem Bier, um die Stille zwischen uns ein bisschen zu füllen.

Nach einer ganzen Weile stand sie auf. Und was sie dann sagte, war eine solche Überraschung, wie ich sie niemals mehr für möglich gehalten hätte.

„So you really don't want to sleep with me?"

„No, I don't!"

Dann griff sie noch einmal nach meinen Handgelenk.

„It's okay, don't worry, old man!"

Stand auf und ging und hinterließ ihr volles Glas Bier, von dem sie nicht einen Schluck getrunken hatte.

No. 5 Oknha Men Street

War es eine gute Idee, das Visum gleich am ersten Tag verlängern zu wollen?

Ein Reisebüro damit zu beauftragen dauert etliche Tage; warum sollte ich es nicht selber erledigen? Je eher, desto besser. Und weil ich eine fremde Stadt ohnehin am liebsten zu Fuß entdecke, dachte ich: gehst du eben schnell vorbei unter der angegebenen Adresse, zumal sie nicht allzu weit entfernt von meinem Hotel lag.

Phnom Penh, die Hauptstadt von Kambodscha, ist nicht Hamburg. Trotzdem hatte ich die Street 200, die Oknha Men Street, bald gefunden. Musste ich doch nur den Boulevard Norodom so weit entlang spazieren, bis rechts die Street 200 auftauchte. Das war nicht weiter schwer.

Aber dann!

Google Maps hatte mir verraten, wo die Nummer 5 liegt. Aber die von Google hatten sich schon einmal in

Hamburg geirrt, und nun leider auch in Phnom Penh. Digital ist nicht immer die Wahrheit. Wo Google seinen Pin eingraviert hat, ist keine Nummer 5. Und an den Häusern links und rechts waren auch keine Hausnummern.

Komisch, dachte ich, warum stehen hier keine Hausnummern an den Häusern? Das war aber mehr mein Problem als das der Kambodschaner, und deshalb wandte ich mich an einen Mann, der sich gerade anschickte an mir vorüberzugehen.

„Excuse me!"

Er zuckte kaum merklich zusammen, als ich ihn ansprach. Doch er blieb stehen und verstand mein Anliegen. „No. 5", sagte er und dreht sich zuerst nach links und dann nach rechts. „No. 5 ..." zog er die Adresse noch einmal in eine ungewöhnliche Länge.

Mir war klar, dass ihm sein Nichtwissen unangenehm war, und ich dankte ihm höflich. „Enjoy your day!", sagte er höflich und hoch erfreut.

Man muss systematisch sein, riet ich mir, keine Panik! Und ging noch einmal zum Anfang der Straße zurück. No. 4 stand da an einem Haus. An den nächsten stand nichts, dann kam plötzlich die Nummer 12. Die Nummer entdeckte ich rein zufällig an einer Stelle, an der ich sie nicht vermutet hätte. Hatte ich also nicht richtig geguckt. Dachte ich. Oder es ist wie bei uns, dass die ungeraden Hausnummer dann auf der gegenüberliegenden

Straßenseite stehen. Also begann ich nochmals auf der anderen Seite.

No. 3, dann No. 13. Mmmh! Dazwischen müsste doch menschlichen Ermessens die gesuchte No. 5 liegen. Tat sie aber nicht.

Ich bemerkte, dass meine Hilflosigkeit aufmerksam von 3 gut genährten Polizisten beobachtet wurde, die auf ihren geparkten Motorrädern saßen und etwas aus Styropurbehältern löffelten.

„Excuse me!", wandte ich mich höflich an den dicksten, der offenbar der Chef war (kein Vorurteil!). Ich stellte ihm meine Frage. Er löffelte noch einen Löffel, dann schaute er seine Kollegen an, die ihn erwartungsvoll zurück anschauten.

„No. 5", sagte er, fast so gedehnt wie der Mann, den ich schon gefragt hatte. Schließlich drehte er sich zwei- bis dreimal um die eigene Achse, bevor ihm die Rückfrage einfiel: Was soll da sein?

Ich erklärte ihm meinen Wunsch, das Visum zu verlängern. Nach gründlicher Überlegung entschied er sich, mich weiter die Straße hinauf zu schicken."Look at the numbers!", empfahl er mir.

Guter Tip! Aber ich wagte es nicht, seiner Anord-nung zuwiderzuhandeln und schritt in die angegebene Richtung. Bis zu einem Café, das sein englisch und fran-zösisch sprechendes Personal empfahl.

Rein!

Kaum hatte ich die Schwelle in den eiskalten Raum überschritten, kam eine junge Frau hinter dem Tresen hervor. „Can I help you?"

„Hope you can!", gab ich zurück und erklärte ihr mein Anliegen. Leider konnte auch sie mir nicht helfen, was sie sehr bedauerte. Ob ich stattdessen einen Eiskaffee wolle?

Aus der Frage, wo die No. 5 liegt, waren inzwischen mehr geworden. Nach welchem Prinzip sind die Hausnummern hier angeordnet? Sind sie es überhaupt? Und: wieso gucken mir die Leute alle hinterher? Doch wohl, weil sie meine Unsicherheit bemerkt haben. Dass ich etwas suche. Und warum kommen sie mir dann nicht zu Hilfe?

Neue Idee: Google! Frage: Prinzip der Hausnummern in Kambodscha? Ich suche mir eine schattige Stelle und krame mein ipad aus dem Rucksack. Nicht immer fortlaufend, lese ich, manche Nummern sind 3x vergeben. Es kann hilfreich sein zu wissen, zwischen welchen Querstraßen eine Adresse liegen soll.

Aha! Da war ich doch ein wenig entlastet! Aber das half mir ja auch nicht weiter.

Noch einmal mit System, sprach ich mir Mut zu, so schwer kann es doch gar nicht sein! Und ging nochmals zum Anfang der Straße. Unterwegs machte ich mir

Gedanken über die Gedanken der Leute, die mich mindestens zum dritten Mal an sich vorbeigehen sahen.

Also: da war sie wieder, die No. 3. Alle Nerven angespannt, ging ich weiter. Da kamen eine Baustelle, ein Motorradwerkstatt, ein anonymes Haus. Und dann die No. 13.

Ich muss daran vorbeigegangen sein, es geht gar nicht anders, dachte ich. Und ging wieder zurück. Das nächste Haus, das keine Nummer hatte, wenn es einigermaßen geordnet zuging, musste die No. 11 sein. Das anonyme die No. 9. Die Motorradwerkstatt die No. 7 und die Baustelle ...

„Oh, nein!", sagte ich zu mir selbst und muss dabei ein Gesicht aufgesetzt haben, das auf heftige Bauchschmerzen schließen ließ. Doch dann entspannte ich mich ganz schnell. Der Frust war weg.

Und mein Individualismus? Den musste ich wohl gegen Bezahlung in einem Reisebüro eintauschen, das sich um das Visum kümmern würde.

Der Zimmer-Kontrolleur

Er hatte nichts, das in irgendeiner Weise auffiel. Vielleicht war er ein paar Zentimeter kleiner als andere. Aber sein Gesicht hatte nichts Besonderes, sein Gang war normal und kaum zu bemerken, seine Kleidung einfach, grau, einfallslos. Er benahm sich, als sei er Luft und wolle nirgends anecken.

Seine Person passte also vorzüglich zu der Aufgabe, die er zu erfüllen hatte. Sie musste diskret, hundertprozentig genau und zuverlässig erledigt werden. Dafür war er genau der Richtige!

Aller Unscheinbarkeit zum Trotz war er mir aber schon am zweiten Tag aufgefallen. Ich saß mehrere Stunden lang in dem Korbsessel auf der kleinen Terrasse vor meinem Zimmer, den Laptop auf den Knien, und schrieb etwas. Irgendwann drang mir ins Bewusstsein, dass er immer wieder ganz in meiner Nähe den schmalen Weg entlang schlich, der die Hotelzimmer vom Pool trennte. Mal ging er nach links, mal nach rechts an mir vorbei. Eigentlich war es nur das Profil seiner Figur, das meine Aufmerksamkeit erregte. Ein Schatten hinter den blühenden Hibiskusbüschen. Vielleicht war er es nicht einmal selber, der mir auffiel, sondern die im Vergleich zu seiner geringen Körpergröße überdimensionierte, sperrige Schreibunterlage, die er mit sich herumtrug.

Was machte er da?

Ich legte den Laptop zur Seite und beobachtete ihn. Dabei fiel mir auf, dass er immer nach demselben Muster vorging. Zunächst klopfte er ganz vorsichtig an die Tür eines der Zimmer, die rund um den Pool angelegt waren. Hatte er sich bemerkbar gemacht, stand er eine Weile reglos und wartete, offenbar auf Geräusche oder eine Stimme hörend, das eine Ohr aufmerksam zur Tür gewendet. Erst nachdem geraume Zeit verstrichen war, ohne dass etwas geschah, klopfte er ein zweites Mal. Und wenn dann immer noch nicht geöffnet wurde, zog er einen riesigen Schlüsselbund aus der Tasche, schloß die Tür auf und verschwand im Zimmer. Bis er wieder herauskam, vergingen zwei, drei Minuten.

Dieser Vorgang wiederholte sich immer von neuem. Zu meinem Erstaunen war aber nie ein Hotelgast anwesend, so dass der unauffällige Mann mit der Schreibunterlage nach zweimaligem Klopfen und geduldigem Warten regelmässig die Tür aufschließen und im Zimmer verschwinden konnte.

Woher wusste er, dass die Zimmer leer waren?

Ich rätselte. Bis mir auffiel, dass er immer dann an eine Tür klopfte, wenn das Zimmer kurz zuvor von einem der Zimmermädchen, Besen und Putzeimer in der Hand, verlassen worden war. Da war mir klar, was er machte: er kontrollierte die Sauberkeit der Zimmer.

Zufrieden nahm ich den Laptop wieder auf und wollte weiterarbeiten. Doch im selben Moment hörte ich eine leise Stimme. Sie kam von einem der Zimmermädchen. Ich verstand nicht sofort, was sie sagte, aber ihr fragender Blick und der Besen, mit dem sie in Richtung meiner Zimmertür wies, waren eindeutig. Selbstverständlich konnte sie das Zimmer machen! Ich stand auf, holte noch schnell die Sonnencreme aus dem Bad und ließ die junge Frau dann eintreten.

Als sie nach 10 Minuten wieder herauskam und die Tür hinter sich ins Schloss zog, war ich gespannt. Gespannt darauf, ob der Zimmerkontrolleur jetzt auch mein Zimmer überprüfen würde. Es dauerte nicht lange, bis er tatsächlich auftauchte - und vorüberging. Ich hatte jedoch den Eindruck, dass er kurz zur mir herübergeblickt und gezögert hatte; wahrscheinlich wusste er nicht, wie er sich verhalten sollte. Das Zimmer war geputzt, aber der Mieter war anwesend! Da kam der Kontrolleur ein zweites Mal - und wieder ging er weiter. Erst beim dritten Versuch nahm er all seinen Mut zusammen und fragte mich in gar nicht so schlechtem Englisch, ob er kurz in mein Zimmer hineinsehen dürfe.

Selbstverständlich durfte er.

Als er wieder herauskam, fragte ich ihn ohne Umwege, ob er die Sauberkeit des Zimmers kontrolliere. Ja, antwortete er und zeigte mir zu meiner Überraschung seine Schreibunterlage. Mit einem Blick erkannte ich auf dem großen Blatt drei Rubriken: ‚number of room‘, ‚day and time of checking‘, ‚remarks‘. Die ersten beiden waren zum großen Teil in sauberer Handschrift ausgefüllt, in der dritten war nur unter einer Zimmernummer etwas vermerkt, jedoch in der Khmer-Sprache.

Ich nickte ihm freundlich zu und bedankte mich.

Dann übernahm er die Initiative. Wo ich herkomme, wollte er wissen. Aus welchem Land? Sein Englisch war gut verständlich, und ich freute mich über sein Interesse. Dann zeigte er auf meinen Laptop und wollte wissen, was ich da schreibe. „Eine lange Geschichte", antwortete ich ihm, „eine lange Geschichte über das historische Angkor."

Sofort vollzog sich in seinem Gesicht eine grundlegende Veränderung. Hatte es bisher Vorsicht, vielleicht sogar etwas Ängstlichkeit ausgestrahlt, zeigten sich urplötzlich Freude und Stolz in seinen Zügen. „Angkor my country", sagte er und zählte mir ungefragt die Namen etlicher berühmter Tempel auf. Froh über meine neue Bekanntschaft, bot ich ihm einen Kaffee an; er lehnte höflich ab, dankte mir mit einer kurzen Verbeugung, nahm seine Schreibunterlage fest unter den Arm und verschwand. Ein wenig überstürzt, fand ich. Hatte ich etwas falsch gemacht?

Wenn er an den nächsten Tagen an meiner Terrasse vorbeikam, grüßte er mich freundlich, aber zurückhaltend. Manchmal zögerte er kurz, als wolle er stehenbleiben und mich ansprechen, doch er tat es nicht und ging jedes Mal weiter; vielleicht wusste er nicht, wie er es anstellen sollte. Weil ich aber auch gerne mit ihm geplaudert hätte, dachte ich mir eine gut gemeinte Falle aus. Ich legte ein Buch, das ich mir gekauft hatte, deutlich sichtbar auf den Tisch neben mir. Wie ein Köder. Das Buch enthielt Fotos der Tempel von Angkor, wie sie heute aussehen, und dazu Folien, die ihren Zustand zeigten, wie er wohl zur Blütezeit des Angkor-Reiches war. Die durchsichtigen, bedruckten Folien konnte man über die aktuellen Fotos klappen und erhielt auf diese Weise einen verblüffenden Blick auf die Veränderungen der vergangenen 800 bis 1000 Jahre.

Die Falle schnappte zu. Der Zimmer-Kontrolleur entdeckte das Buch und war nicht mehr zu halten. „Angkor Wat!", sagte er begeistert und zeigte auf das Cover. In seinen Augen konnte ich wieder den Stolz entdecken, den ich schon einmal in seinem Gesicht wahrgenommen hatte. Ich reichte ihm das Buch, und er blätterte vorsichtig darin herum. Als er auf die Seite stieß, die den Bayon zeigte, wurde er ganz aufgeregt. „Jayavarman", erklärte er, „Jayavarman seven". Und er erzählte, dass der Name des Königs soviel bedeutet wie „starker, unwiderstehlicher Sieger".

Ich wusste, was den Kambodschanern die Tempel von Angkor bedeuten, wie wertvoll sie ihnen sind, denn überall entdeckt man die Silhouette von Angkor Wat: auf der Landesflagge, auf Briefmarken, Notizbüchern, Taschen, T-Shirts. Ich wusste, dass es für kambodschanische Hochzeitspaare nichts Schöneres gibt als hier, vor der Kulisse von Angkor Wat, zu heiraten. Wer einmal in einem der schattigen Fenster der westlichen Galerie gesessen und eine Hochzeitsgesellschaft beobachtet hat, draußen im gleissenden Sonnenschein, der die Farben der Seidenblusen und -röcke zum Glühen bringt, der wird diesen Anblick nie vergessen. Das Selbstbewusstsein, das die Leistung der Vorfahren, das dieses nationale kulturelle Erbe den Kambodschanern gibt, ist unschätzbar. Und nun konnte ich es auch bei dem Zimmer-Kontrolleur wiederfinden. Ich hatte das Gefühl, dass er sich mir gegenüber, dem reichen Touristen, der sich eine Reise nach Angkor leisten kann, stark aufgewertet fühlte.

Ab sofort fand unser Gespräch auf einer anderen Ebene statt. Sein Name sei Rithisak, begann er unsere neue Bekanntschaft und legte die Schreibunterlage auf das Mäuerchen, das meine Terrasse einrahmte. Wie ich heiße? Und welches mein Land sei? Germany? Oh, da sei es doch so kalt. Ob man da überhaupt leben könne?

Und dann wollte er wissen, wovon die Geschichte erzähle, die ich schreibe.

Ich erzählte ihm von dem Wassermeister und seiner Tochter und in welche Notlage ihre Familie gerät. Rithisak schaute mich skeptisch an. Woher ich das wisse? Auf diesem Weg eröffnete sich ein wunderbares Gespräch über historische Wahrheit und Fiction. Er liebe Geschichten, sagte Rithisak, weil sie ihm das Leben versüßen.

Von nun an unterhielten wir uns beinahe täglich. Wir freuten uns beide auf diese Minuten, und bald wurden wir so vertraut miteinander, dass ich es riskierte Rithisak nach seinen näheren Lebensumständen zu fragen. Ich erfuhr, dass er ein Haus ein wenig außerhalb der Stadt besitze, wo er mit seiner Frau und drei Kindern lebe, und dass er jeden Tag mit seinem Motorroller ins Hotel komme um seine Arbeit zu tun. Sein monatliches Gehalt, beantwortete er meine Frage danach ohne Scheu oder Scham, betrage 220$, also ein wenig mehr als das eines Lehrers. Auf seine entsprechende Gegenfrage reagierte ich ausweichend.

Vielleicht zwei Wochen waren mit solchen

Gesprächen vergangen, als er mich eines Tages einlud. Ich möge ihn besuchen. Er könne mich am frühen Nachmittag, wenn seine Arbeit beendet sei, auf seinem Motorroller mit zu sich nach Hause nehmen.

Natürlich sagte ich zu; so eine Einladung ist etwas Besonderes.

Und schon am nächsten Tag machte Rithisak sein Versprechen wahr. Ohne, dass wir einen Termin für den Besuch bei ihm vereinbart hatten, erschien er plötzlich, seine Aktentasche in der Hand, an meiner Terrasse und forderte mich zum Mitkommen auf. Ich erschrak, denn ich hatte noch kein Geschenk für ihn besorgt. Also bat ich ihn um zwei Minuten Geduld und verschwand in meinem Zimmer, wo ich nervös, aber voller Vorfreude nach einem Mitbringsel Ausschau hielt. Ich griff schließlich nach einer Dose Nivea-Creme, die ich aus Deutschland mitgebracht hatte, weil ich wusste, dass Nivea in Kambodscha beliebt ist.

Dann brachen wir auf.

Zuerst fuhren wir weit heraus aus Siem Reap, auf der Nationalstraße 6, die nach Phnom Penh führt. Ohne Schutz vor der Nachmittagssonne war es so heiß, dass man sich, ohne sich zu verbrennen, kaum an den Metallbügeln des Motorrollers festhalten konnte. Wie alle die anderen Kleinräder schlängelte sich Rithisak zwischen Bussen und Lastwagen hindurch, unentwegt nach Lücken suchend, bremste abrupt und gab wieder Gas, legte sich in eine Kurve und gab erneut Gas. Ich bemühte mich, möglichst wenig Abgase einzuatmen. Endlich verließen wir den Bandwurm aus heißem Blech und gerieten durch ein Durcheinander von kleineren Sträßchen und Lehmwegen allmählich hinein in ein ländliches Gebiet, in dem die Häuser immer kleiner und die Gärten immer größer wurden. Dazwischen standen hier und da protzige Villen, umgeben von geweißten Steinmauern mit schweren Metalltoren und Bruchglas oben drauf.

Dann waren wir da.

Rithisaks Haus war aus Beton und hatte zwei Ebenen. Es stand schmucklos in einem blitzsauber gekehrten Compound mit einem riesigen Baum, unter dem Rithisak anhielt. Er ließ mich absteigen, sicherte den Stand des Motorrollers und lief ins Haus.

Ich stand allein neben einem verwitterten, runden Tisch aus Stein und ein paar Plastikstühlen.

Guckte mich um.

Niemand war zu sehen.

Was mir auffiel, war ein Berg aus leeren Getränkedosen. Ein paar Tage später, im Hotel, erklärte Rithisak, dass seine Kinder diese Dosen sammeln und dann, in Säcke verpackt, mit ihm zu einem Altwarenhändler transportieren. In meiner Phantasie erschien sofort eines dieser völlig überladenen Mopeds, dessen weiteres Schicksal man nicht einmal für eine Sekunde vorhersagen kann.

Ich setzte mich auf einen der Plastikstühle und wartete.

Rithisak war verschwunden.

Mir blieb nichts anderes übrig, als ziellos über das Grundstück zu schlendern und mich umzusehen. Hinter dem Haus stand ich unerwartet vor der offenen Küche. Sie bestand aus einem mächtigen Balken, auf dem verrußte Töpfe, dutzende Flaschen und andere Utensilien standen, und einem Gasherd. Als ich einen Schritt nähertrat, konnte ich unerwartet in einen größeren Raum hineinsehen, in dem ein paar Personen auf dem Fußboden hockten und mich anstarrten. Rithisak stand bei ihnen. Erschrocken machte ich kehrt, ging zurück zu seinem Motorroller und setzte mich wieder auf den Plastikstuhl.

Erst nach einer ganzen Weile kam Rithisak zurück. Er hatte eine Wasserflasche und zwei Gläser in Händen und stellte sie auf den Tisch.

„Welcome in my house!", sagte er und schenkte mir ein Glas Wasser ein. Zu meiner großen Verwunderung wirkte er plötzlich sehr scheu und unsicher.

„Thank you!", antwortete ich und trank einen Schluck in der Hoffnung, dass das Wasser sauber war. Aber hätte ich es ablehnen können?

Ich griff in meine Tasche und überreichte ihm die Nivea-Dose. Er nahm sie und dankte und schwieg.

Ich wartete darauf, dass er irgendeine Initiative ergreifen würde. Mir das Haus zeigen oder seine Familie vorstellen würde. Schließlich war ich sein Gast. Aber nichts dergleichen geschah; Rithisak schwieg. Die Minuten vergingen. Eine seltsame Stimmung entstand. Eine Katze schlich geduckt heran, strich um meine Beine und verschwand wieder. Ich folgte ihr mit meinem Blick, um irgendetwas zu tun zu haben. Sah, dass eine Frau aus dem Haus kam, auf ein Moped stieg und davonfuhr. Wie lange würden wir hier wohl noch sitzen?

Allmählich wurde ich unruhig. Was bedeutete diese ‚Einladung'? Hatte ich irgendetwas falsch gemacht?

Ich lächelte Rithisak an, er lächelte ein wenig säuerlich zurück und sagte immer noch nichts. Um irgendetwas zu tun, schaute ich ausführlich auf meine Uhr.

Im selben Augenblick sprang Rithisak auf. Ob ich zurück ins Hotel wolle, fragte er mich. Und ohne auf eine Antwort zu warten, stand er auf und zog den Zündschlüssel aus der Tasche. „I'll take you back."

Ich verstand gar nichts mehr. Aber was hätte ich tun sollen? Ich setzte mich hinter ihn auf den Motorroller und wir fuhren los. Eine halbe Stunde später befand ich mich wieder auf meiner kleinen Terrasse.

Aus dem, was ich erlebt hatte, dachte ich, sollte ich eine Geschichte machen. Vielleicht versteht sie ein anderer.

Germany very good Football

„Wohin?"

Der junge Tuktukfahrer fragt, als habe er nicht richtig verstanden. Er fragt so leise, dass man ihn kaum hören kann. Als habe er Angst, gefährliche Geister zu wecken. Hilfe suchend schaut er seinen Kollegen an. Dabei knüllt er den Stofffetzen, mit dem er sein Fahrzeug gerade mit so viel Hingabe blank geputzt hat, achtlos in der Hand zusammen.

„Nach Phnom Bok? Mit dem Fahrrad?"

So etwas hatten die beiden noch nie gehört. Jeden Tag stehen sie mit ihren Fahrzeugen vor dem Hotel und warten auf Kundschaft. Stundenlang reden sie miteinander, erzählen sich von Buddha und der Welt und lachen, und zwischendurch schlafen sie immer mal wieder ein im Schatten der Mauer. Ab und zu erwischen sie eine kleine Tour. Aber meist warten sie. Unzählige Stunden, von morgens bis abends. Wochen, Monate. Warten! Aber nach

Phnom Bok? Mit dem Fahrrad?

„Ja, Phnom Bok!", wiederhole ich noch einmal und schaue die beiden Tuktukfahrer so freundlich wie möglich an, denn mich quält das schlechte Gewissen. Natürlich hätte ich ihnen den Verdienst gegönnt! Aber ich habe andere Pläne. Und sie? Hin und her gerissen zwischen meiner Freundlichkeit und meiner Ablehnung wissen sie nicht, wie sie reagieren sollen. Keine Frage: eine Tour nach Phnom Bok, das wäre eine lukrative Fahrt. 20 Dollar könnten sie fordern, ohne es zu übertreiben. Und obendrein ein bezahltes Nickerchen machen, während der seltsame Touri sich die 600 Stufen den Berg hinaufquält.

Aber was will er da oben? Und warum mit dem Fahrrad?

Für mich ist der kleine Berg nur ein Ziel. Ein Ziel, das man braucht, wenn man einen Ausflug in eine unbekannte Welt machen will. Wenn man unternehmungslustig und neugierig auf ein kleines Abenteuer ist und Luft und Sonne spüren will. Aber das kann ich den jungen Männern doch nicht erklären. Ich weiß ja, wie sie denken: dass man nicht zu Fuss geht oder mit dem Rad fährt, wenn man das Geld für ein Tuktuk oder ein Taxi hat. Niemals würden sie verstehen, dass es mir auf den Weg dorthin ankommt, auf das Fahrradfahren selbst. Sie würden mich für verrückt halten. Und nach den Maßstäben, die hier gültig sind, bin ich das ja auch. 25 km hin und 25 zurück, und das bei der Hitze! Wo es doch viel angenehmer mit dem Tuktuk wäre.

Noch einmal versuchen die beiden mir ihr Angebot schmackhaft zu machen. Aber sie tun es nur noch halbherzig; eigentlich haben sie schon aufgegeben. Die üblichen Einwände, dass es sehr weit sei für einen Fahrradfahrer und dass er seinen Weg leicht verfehlen könne, klingen nicht mehr überzeugend. Auch der, dass es sehr heiß werden könne unterwegs. Überrascht bin ich allerdings, dass die beiden keineswegs ungehalten reagieren, als sie die Hoffnungslosigkeit ihrer Bemühungen einsehen. Dass sie ihre Überzeugungsversuche schließlich mit einem Lächeln einstellen. Und als ich mich endlich auf das Rad schwinge, nicken sie mir sogar freundlich zu und wünschen eine gute Fahrt.

Phnom Bok, der Berg, der so unmotiviert aufragt aus einer weiten, flachen Ebene, liegt östlich von Siem Reap, der kleinen Stadt nahe bei den berühmten Tempeln von Angkor.

Wenn man die Region, in der die meisten Tempel liegen, verlassen hat, verläuft die Straße zunächst für zwei, drei Kilometer schnurgerade nach Osten, durch ein langgestrecktes Dorf. Auf beiden Seiten der geteerten Fahrbahn stehen dutzende uralter, gut erhaltener Teakhäuser; dazwischen einige neuere aus Beton. Viele mit kleinen Werkstätten: Korbflechter, Netzflicker, Seidenweber, Hut-

und Tuchmacher, Figurenschnitzer, eine Färberei. Allesamt sind sie sauber, ja: in bescheidenem Maße gepflegt. Und auffallend viele Brunnen. „Gespendet von ..." kann man auf großen Schildern lesen. Unter den Spendern sowohl Organisationen als auch Privatpersonen aus aller Welt.

Aufmerksam nach rechts und links schauend, weil ich nichts Interessantes übersehen möchte, radele ich langsam durch das Dorf. Und ganz allmählich wird mir bewußt, dass ich so etwas wie ein Glücksgefühl empfinde. Denn über allem liegt eine spirituelle Stimmung. Kinder, die vollkommen in ihre Spiele vertieft sind; Hunde, die wachsam, aber friedlich allem hinterherschauen, was sich auf der Straße tut; Alte, die in durchhängenden Korbsesseln den Tag verdösen. Es ist warm, und durch die Baumkronen blitzt die Sonne.

Ja, das ist es, was ich suche: eine andere Welt als die, in der ich zu Hause bin. Eine Welt, die mit sich zufrieden scheint. In der jeder seinen Platz hat und ihn bescheiden ausfüllt. Wo man nicht atemlos in die Zukunft läuft, sondern einfach und genügsam in der Gegenwart lebt.

Wie gut es tut, diese Ruhe und Ausgeglichenheit zu spüren! Auch wenn man sich vorkommt wie in einem Freilichtmuseum. Denn als ‚zivilisierter' Mensch aus dem Westen könnte man auf Dauer nicht hier leben. Da müsste sich schon manches ändern. Etwa die Stromkabel, die häufig über tief hängende Äste und Hausdächer verlaufen und an manchen Stellen bedrohlich durchhängen. Und längst nicht alle Häuser und Hütten sind ans Stromnetz angeschlossen.

Verrückt, so zu denken.

Und noch verrückter, das Gegenteil zu suchen!

Am Dorfausgang, hinter der Abbiegung nach Banteay Srei, wird es noch stiller. Rechts und links endlose Reisfelder; nur ein paar Schüler sind auf ihren Fahrrädern unterwegs von der Schule nach Hause. Einige haben sich ihre T-Shirts von hinten über den Kopf gezogen, um sich vor der Sonne zu schützen. Fast im Schritttempo schlängeln sie sich die Straße entlang. Bei jeder Gewichtsverlagerung brechen die Räder gefährlich nach links oder rechts aus. Doch die Stimmung ist unbeschwert. Ausgelassen rufen sich die Kinder etwas zu, auf das alle mit Gelächter reagieren; erst, als sie mich bemerken, schweigen sie plötzlich und fahren eingeschüchtert einer hinter dem anderen. Die Schultaschen, die sie auf dem Rücken tragen, sind überdimensional groß; sie leuchten neongrün und stahlblau im Sonnenlicht und sehen aus wie Werbegeschenke. Dazwischen müht sich ein Holzkarren vorwärts, turmhoch beladen mit Knoblauch, angetrieben von einem asthmatischen Motor. Seine riesigen Räder drehen sich im Zeitlupentempo, die unzähligen Speichen scheinen herauskopiert aus den 800 Jahre alten Reliefs am Bayon-Tempel. Sonst nichts. Niemand. Die Menschen, die am Vormittag noch auf den Feldern gearbeitet haben, halten um diese Zeit ein ausgedehntes Schläfchen im Schatten ihrer Häuser, die fast alle auf Stelzen gebaut sind. Ganz selten kläfft pflichtgemäß ein Hund, springt dem Fahrrad lustlos ein Stück hinterher und ist zufrieden, wenn er seine Pflicht getan hat.

Die Häuser und Hütten werden immer weniger, die Reisfelder mehr. Wie Silhouetten, wie Standbilder scheinen ein paar Wasserbüffel in die weite Ebene gestellt; Wasser finden sie jedoch keines mehr. Die Sonne brennt auf längst abgeerntete Felder. Gefährlich für Radfahrer, die das nicht bemerken in dem Fahrtwind.

Dann, nach einer halben Stunde, am Ausgang eines Bambuswaldes, taucht ganz plötzlich der Phnom auf. Wie eine gleichmäßig geformte, nach oben hin sich abflachende Halbkugel wölbt sich der Berg aus der Ebene. Kaum 15 Minuten später habe ich seine südlichen Ausläufer erreicht.

Auf einem allmählich ansteigenden, bröseligen Geröllfeld, das bald in den Berghang übergeht, stehen drei Gebäude. Das eine ist ein schmuckloser Flachbau aus Beton. Mönche scheinen darin zu wohnen, denn rechts und links der Eingangstür sind ein paar safranfarbene Roben zum Trocknen aufgehängt. Nicht weit entfernt davon befindet sich eine ebenso einfache Ziegelhütte mit Hühnerstall; aus der Hütte ist Fernsehton zu hören. Doch das dritte und zweifellos neueste Haus ist ein wahrer Prachtbau: ein großzügig angelegtes Toilettenhaus für Touristen. Männer und Frauen getrennt! Aufgestellt von der Tourismus-Behörde. Sein gewundener Zugangsweg führt durch ein Gärtchen, durch eine Galerie armseliger, verschrumpelter Weiß- und Rotkohlköpfe, die in dem knochentrockenen Lehmbeet keine Chance haben. Wer die Gebühr für die Tempel von Angkor bezahlt hat, darf sich hier kostenlos erleichtern. Zwei Angestellte, die in Hängematten unter dem vorspringenden Dach im Halbschlaf dämmern, räkeln sich hoch, ziehen ihre Uniform stramm und kontrollieren sehr sorgfältig meinen Tempel-Pass. Dann lächeln sie freundlich („Where you from?" - „Germany." - „Football very good!") und weisen höflich auf die Abteilung für Männer.

Als ich den sauber gekehrten Bau wieder verlasse, in dem weder Toilettenpapier vorhanden ist noch Waschwasser für die Hände, winkt mir eine Frau zu. Sie steht vor der Ziegelhütte und schwenkt eine Coladose. „You want drink, Sir? Cold drink?", schreit sie. Es wirkt grotesk, wie sie da steht und mit der Hand auf eine riesige, orangefarbene Tiefkühlbox deutet. „One Dollar!"

Sie gibt sich aber schnell zufrieden mit meinem zurückgeschrieenen „May be later". Denn sie weiß, dass, wer den Berg besteigt, hinterher dringend etwas zu trinken braucht. Und dass sie an diesem Ort keine Konkurrenz hat.

Eine Stunde später, zurück vom Berg und seiner Tempelruine, verschwitzt und erschöpft von der Klettertour, lasse ich mich tatsächlich auf einem rosa Plastikhocker nieder. Wie schön, dass er direkt neben der Tiefkühlbox steht. Ich bin so durstig, dass ich auch den klebrigsten Softdrink akzeptieren würde. Zu meiner großen Freude sind in der Tiefkühlbox neben Dutzenden bunter Dosen aber auch ein paar frische Kokosnüsse verstaut. „You want coconut?", fragt die Frau und fischt eine von ihnen aus dem Wasser-Eisbrocken-Gemisch. Ist sie eine Gedankenleserin? „Very cold. One Dollar."

Schon hat sie ein schweres Messer mit einer breiten Klinge in der Hand. Aber genau in dem Augenblick, als sie es in die Luft erhebt, um die Kokosnuss mit zwei, drei entschlossenen Hieben zu öffnen, hört man das Knistern, das entsteht, wenn ein Mountainbike über einen knochentrockenen Lehmboden mit vielen kleinen Steinchen fährt und schnell näher kommt.

Ein Junge, 9 oder 10 Jahre alt, springt noch im Fahren herunter, lässt das Rad fallen, wo er gerade ist und rennt auf uns zu. Ohne die Frau zu fragen, reißt er ihr das Messer aus der Hand und öffnet die Nuss mit wenigen gekonnten Hieben. Dann angelt er mit zwei Fingern einen dicken Strohhalm aus einem Plastikbecher, der an der Kühlbox hängt, und schiebt ihn durch den Spalt, der durch die Hiebe entstanden ist. Nachdem ich probiert und das wunderbar kühle Kokoswasser für „very good" befunden habe, strahlt er. „One Dollar only", sagt er. Und als ich bestätigend mit dem Kopf nicke, fragt er sofort: „You want more?"

Nein, erst einmal nicht. Zunächst jedenfalls. Ich will das köstliche Zeug in Ruhe trinken und mich ausruhen. 600 Stufen sind kein Pappenstiel. Und die Hitze! Oben angelangt, mit mehreren Pausen und von Mal zu Mal großartiger werdenden Blicken in die Ebene unter mir, war ich mir vorgekommen wie in einem Zeitraffer-Alterungsprozess; beim Abstieg hatte ich immer noch Pudding in den Knien.

Eine ganze Minute lässt mich der Junge in Ruhe. Er steht unmittelbar vor mir, und es scheint ihm nichts auszumachen, dass ich ihn aufmerksam von oben bis unten betrachte. Wie fast alle Menschen hier, ist er sehr einfach, aber sauber gekleidet. Schon oft habe ich mich gefragt, wie lange diese dünnen Hosen und Hemden wohl halten, die man überall auf den Märkten für wenig Geld kaufen kann. Häufig mit einer aufgedruckten Werbung.

„What's your name?", frage ich ihn. Das versteht hier jeder.

„Chankrisna", antwortet er ohne Zögern und lacht. Dann fällt ihm ein, dass ich die Bedeutung seines Namens nicht verstehen kann. Er weist mit der Hand auf ein spindeldürres Bäumchen ganz in unserer Nähe, das ein wenig beneidenswertes Dasein auf dem ausgetrockneten, steinigen Boden fristet. Erst später, als ich den Namen im Internet suche, verstehe ich ihn. Aber einen größeren Unterschied wie den zwischen dem halbtoten Bäumchen und dem quirligen Jungen kann ich mir kaum vorstellen.

Chankrisna rührt sich nicht vom Fleck. Er scheint auf irgendetwas zu warten. Ich nicke ihm freundlich zu. Er nickt zurück. Etwas verunsichert krame ich mein kleines Notizbuch aus dem Rucksack und notiere, was ich da oben alles gesehen habe. Da kommt Bewegung in ihn, und er sieht mir neugierig über die Schulter. „English?", fragt er. „German", sage ich. Er guckt mich an, als habe er das große Los gezogen. „Football!", platzt es aus ihm heraus, „Germany very good Football." Er läuft zwei, drei Schritte und vollführt eine Bewegung, als schlenze er einen Ball mit viel Gefühl am Torwart vorbei ins Netz. Ich fühle mich geschmeichelt, dass der kleine Mann hier am Ende der Welt unseren großartigsten Exportartikel kennt.

Nach diesem kleinen Dialog nimmt er erneut seine Wartestellung ein. Was geht in ihm vor? Hofft er auf irgendetwas? Ich habe das Gefühl, dass es stark arbeitet in seinem Kopf. Dann zieht er plötzlich ein Handy aus der

Tasche, macht ein ernstes Gesicht, tippt auf dem Display herum, hält es ans Ohr und telefoniert. Ich höre eine Weile zu. Natürlich kann ich kein Wort verstehen, trotzdem kommt mir irgendetwas komisch vor. Wahrscheinlich, weil mich der Junge immer wieder anguckt, während er telefoniert. Er spricht doch nicht über mich!? Plötzlich ist das Gespräch beendet. Und Chankrisna wirft mir sein Handy vor die Füße, auf den harten Erdboden, wo es auf einen Stein prallt. Noch während ich zusammenzucke, bricht er in lautes Lachen aus. Und ganz allmählich dringt in mein Gehirn, dass der Aufprall des Handys nicht schwer und metallen geklungen hat, sondern leicht und hölzern. Hölzern? Vorsichtig greife ich nach dem Ding, das da vor mir auf dem Boden liegt. Meine Ohren haben mich nicht getäuscht: es ist tatsächlich aus Holz! Eine täuschend echte Attrappe.

In einem Reflex ziehe ich den kleinen Rucksack an mich, den ich unter den Hocker gelegt hatte, taste ein wenig überhastet seinen Innenraum ab und habe dann mein eigenes Smartphone in der Hand. Kaum hat er es gesehen, tritt Chankrisna einen Schritt vor und streckt seine geöffnete Hand aus. Was will er? Mein Handy haben? Ich zögere, er bittet. Bittet so eindringlich, als hinge irgendetwas ungemein Wichtiges für ihn davon ab. Kaum zu beschreiben ist sein Blick, der tief in mich eindringt und mich dahinschmelzen lässt. Soviel Charme und solche Intensität! Immer noch zögerlich überlasse ich ihm das Gerät. Begierig, aber zugleich sehr, sehr vorsichtig greift er danach. Natürlich kann er es nicht öffnen. Doch das scheint ihn nicht zu überraschen, denn er gibt es mir sofort zurück und tippt dabei mit einem Finger in die Luft. Ach, der Pin! Den kennt er natürlich nicht. Ich tippe ihn ein, und sofort nimmt er das Handy wieder an sich. Behutsam, blitzschnell öffnet er die Google-App, tippt selber auch etwas ein und wartet. Und dann hat er offenbar, was er sucht. Ich schaue ihm über die Schulter. Kurz darauf fällt das erste Tor: das erste von acht! Brasilien-Deutschland, das Finale aus dem Jahr 2014. Ein Clip der BBC.

Wie paralysiert schaut er sich das Video an. Und das, davon bin ich überzeugt, nicht zum ersten Mal. Als das siebte Tor gefallen ist - das achte, das brasilianische, interessiert ihn nicht -, schließt er den Clip. Und als er mir das Handy zurückgibt, weist er mich mit einer kaum wahrnehmbaren, doch selbstverständlichen Geste auf die Akku-Anzeige hin. Der Akku ist fast leer. Als er sicher ist, dass ich das registriert habe, klopft er mir tatsächlich auf die Schulter. „Germany very good Football!"

Die Kinder von Banteay Samre

Auf dem Rückweg vom Phnom Bok nach Siem Reap spüre ich Hunger. Und in Gedanken fahre ich plötzlich sehr viel schneller als mein Fahrrad, eile meinem Weg voraus und überprüfe ihn im Vorhinein auf eine Möglichkeit irgendwo etwas zu essen. Da fällt mir Banteay Samre ein! Da, wo der Zugang zum Tempel auf die Straße stößt, steht seit mehreren Jahren eine Garküche.

Schon von weitem kann ich am Straßenrand die Kinder sehen, die auf Kunden warten. Sie schauen mir gespannt entgegen, und als sie sicher sind, dass ich tatsächlich von der Straße abbiege, laufen sie mir entgegen und umringen mich. Zuerst sind es zwei, dann mehr: sechs oder sieben.

„Look!", fordern sie mich alle durcheinander auf und halten mir entgegen, was sie gebastelt haben. „Look! Look!" Es sind zarte Vögelchen aus leichter Pappe, nicht größer als ein Tennisball, alle nach derselben Art gefaltet.

Sie sind an dünnen Fäden befestigt und lassen sich daran leicht durch die Luft ziehen.

„You buy, ok?"

Ich muss achtgeben, dass ich keinem von den Kindern auf die Füße trete, so dicht stehen sie um mich und mein Fahrrad herum. Flüchtig schaue ich mir die Vögelchen an. Um Zeit zu gewinnen, schiebe ich das Fahrrad langsam vor mir her zu einem Baum, an dem ich es mit dem billigen Schloss, das der Vermieter mir mitgegeben hat, anschließen kann.

Die Kinder drängen hinter mir her; überall um mich herum fliegen die Vögel.

Doch was soll ich mit ihnen? Sie sind hübsch, zugegeben. Aber so leicht und zart, wie sie sind, würden sie niemals den Transport im Koffer überstehen.

„One Dollar, ok?"

Alles hier kostet einen Dollar. Die Tücher, die Kokosnüsse, die Flöten aus Bambus, die Bananen: alles kostet einen Dollar.

Um den Kindern erst einmal zu entkommen, gehe ich ein paar Schritte Richtung Tempel. Aber dann kommen die Zweifel: Kann ich das Fahrrad einfach so stehenlassen? Sind die Kinder vielleicht sauer, weil ich nichts gekauft habe und lassen ihren Ärger an meinem Fahrrad aus?

Als ich mich noch einmal zögernd umdrehe,

schöpfen die Kinder wieder Hoffnung.

„Ok, Sir, buy later, ok?"

„May be later!", antworte ich und freue mich über den Ausweg, den die Kinder mir gezeigt haben. Aber da habe ich einen großen Fehler gemacht.

„May be later, may be later!", rufen die Kinder. „What's your name?", schreit eine so laut wie sie kann. „My name is Kannitha. You remember, ok?" Dann brechen sie alle in lautes Lachen aus. „May be later, may be later!" Und jubelnd stürzen sie in dichtem Pulk auf den Kleinbus mit Touristen zu, der soeben an der Straße angehalten hat.

Ich bin froh entkommen zu sein. Doch noch während ich die zwei-, dreihundert Meter auf den Tempel zugehe, meldet sich mein Hunger wieder. Unentschlossen bleibe ich stehen und vergewissere mich noch einmal: ja, die Garküche steht da, wo sie immer steht. Da müsste es doch eine schöne Nudelsuppe geben. Ich mache kehrt und bin im Nu wieder bei den Kindern. Die meisten belagern jetzt den Minibus und die Touristen, die davor stehen. Aber Kannitha hat längst bemerkt, dass ich zurückgekommen bin und ist sofort bei mir.

„You remember my name?"

„Yes, I remember. It's Kannitha, right?"

Ihre Augen strahlen. Wie alt sie wohl ist? Ich schaue sie an, von unten nach oben. Nackte Füße, spindeldürre, verstaubte Beine, ein verwaschen aussehendes

Kleid, schmale Schultern. Aber ein Gesicht - oder besser: ein Gesichtsausdruck, der um Jahre älter scheint als ihr kindlicher Körper.

„You buy now, ok? One Dollar!", sagt sie, als hätten wir eine feste Vereinbarung getroffen. Und lässt ihr Vögelchen vor meinem Gesicht durch die Luft flattern.

Ich weiche aus und zeige auf die Garküche, frage, ob ich dort eine Suppe haben könne. „Soup?", fragt Kannitha. „Soup one Dollar!"

„Ok!", sage ich und lasse mich gerne zur Küche drängen, froh, dem bunten Pappvogel entwischt zu sein; eine Suppe kann ich ja wirklich gebrauchen.

Kannitha zerrt einen nicht mehr ganz fest stehenden Plastikstuhl herbei und bittet mich darauf Platz zu nehmen. Dann läuft sie wie der Wind über die Straße auf die andere Seite in eine Hütte. Kurz darauf kommt sie zurück und mit ihr eine Frau, wahrscheinlich ihre Mutter.

„Soup one Dollar!", sagt sie und zeigt auf mich.

Die Mutter stellt einen kleinen Topf mit Wasser aufs Feuer und greift nach einem Büschel Gemüse, hält es mir hin und fragt „You like?" Das Grünzeug sieht frisch und appetitlich aus; ich nicke zustimmend mit dem Kopf. „Yes, very good!"

In wenigen Augenblicken ist das Gemüse zerkleinert, zerhackt mit einem dieser riesigen chinesischen Messer. Dann zieht die Frau eine Art Einmachglas zu sich, holt ein Tütchen heraus und hält es mir unter die Nase. „Ok?"

Damit hatte ich eigentlich nicht gerechnet. Ich hatte mich auf eine dieser köstlichen Nudelsuppen gefreut, die es hier überall gibt, die auf einer wunderbaren, oft über viele Stunden leicht blubbernden und herrlich duftenden Fleisch- oder Gemüsebrühe basieren. Aber so eine Instant-Tüte aus China oder Vietnam … naja, jetzt war es zu spät. Also nicke ich noch einmal mit dem Kopf, allerdings weniger heftig.

Kurz darauf steht die Schale mit der Suppe auf dem wackligen Tisch, den Kannitha herbeigeschleppt hat. Außerdem ein kleines, rundes Tablett, überspannt von dem üblichen, engmaschig geflochtenen Insektenschutz aus Bambus. Darunter etliche Fläschchen und Gläschen, alle eher leer als voll. Gewürze. Nicht wenige sind vollkommen verschmiert; manche der klebrigen Saucen sind, wie es aussieht, schon vor einiger Zeit zur tödlichen Falle für Ameisen und andere Insekten geworden. Das leichte Schutzgitter hat seinen Zweck verfehlt.

Trotz des Hungers, der so deutlich zu spüren ist, fällt es mir nicht ganz leicht, die Suppe zu essen. Sie ist heiß, schmeckt aber nach gar nichts. Nach nicht allzu langem Probieren lege ich den Löffel zur Seite und prüfe die Gewürze, eins nach dem anderen. Keines gewinnt mein hundertprozentiges Vertrauen. Noch einmal versuche ich

Geschmack an der Suppe zu finden, aber es geht einfach nicht.

„You want drink?"

Kannitha steht wieder neben mir. Ich frage sie nach einer gekühlten Kokosnuss, woraufhin das Mädchen sofort über die Straße läuft und hinter einer Hütte auf der anderen Seite verschwindet. Kurz darauf kehrt sie mir einer riesigen Frucht zurück, die grüne Schale von einem nassglänzenden Film überzogen. „Very cold!", versichert sie, „one Dollar only." Sie macht die Nuss im Handumdrehen mit einem schweren Messer trinkfertig und stellt sie vor mich auf den Tisch. Das Geräusch, das dabei entsteht, lässt auf ein stattliches Gewicht der Nuss schließen.

Als der erste Schub durch den Strohhalm fließt, wachen meine Lebensgeister sofort auf. Was für ein Genuss! Und wie wunderbar kalt! Das ist doch etwas anderes als diese Tütensuppe. Während ich einen Schluck nach dem anderen in mich hineinsauge, sucht Kannitha nach irgendetwas und drückt mir schließlich einen Löffel in die Hand."Eat!", sagt sie und zeigt mit dem Finger auf die Kokosnuss. Ich verstehe nicht. Da nimmt sie mir den Löffel wieder ab, bricht den ‚Deckel' der Nuss fast ganz auf auf und schabt etwas Kokosfleisch heraus; wie dickflüssige Sahne wölbt es sich über die Kante des Löffels in seine Mulde hinein.

1 $ bananas

1 $ coconut

1 $ soup

Ich lege den Löffel erst aus der Hand, als ich das Kokoswasser ausgetrunken, das köstliche weiße Fleisch restlos gegessen habe und vollkommen satt bin.

Kannitha, die mich nicht aus den Augen gelassen hat, sieht zufrieden aus. Ich nicke ihr anerkennend zu und ziehe mein Portemonnaie aus der Hosentasche.

„One Dollar!", sagt sie.

Ein Dollar?

„Two Dollar!", sage ich. „One dollar soup, one dollar coconut!"

„No, you pay coconut only. Soup no good."

Ich bin sprachlos. Doch nach einer angenehmen Schrecksekunde drücke ich Kannitha zwei Dollar in die Hand.

„One Dollar coconut, one Dollar for you."

Kannitha strahlt mich an, als habe sie das große Los gezogen.

Und ich frage mich auf dem weiteren Weg nach Hause: Ist sie ein Verkaufsgenie oder eine großartige Psychologin? Oder beides?

Die Villa des Brunnenbauers

Kennengelernt haben wir uns in einem der Tempel von Angkor. Die Abenddämmerung hatte bereits eingesetzt, und die Figuren auf den Wand-Reliefs, vor vielen hundert Jahren aus dem Stein geschlagen und im zermürbenden Wechsel des tropischen Klimas immer mehr zerbröckelt, waren kaum noch zu erkennen. Wir stiegen behutsam über tonnenschwere Steinquader und duckten uns durch die wenigen stehengebliebenen Türbögen, trotz großer Unwahrscheinlichkeit immer damit rechnend, dass irgendetwas in unheilvolle Bewegung geraten könnte.

Sam, so heißt er, lächelte nachsichtig, als er unsere vorsichtigen, abschätzenden Blicke bemerkte; aber er hielt sich geduldig im Hintergrund. Es war nämlich sein ‚kleiner' Bruder, dem wir uns anvertraut hatten, ein tourguide, der die Lizenz besaß, Touristen durch die Tempelstadt zu führen und ihnen die Geschichte und die Kultur der alten Khmer nahezubringen. Sam war nur zufällig dazu gestoßen, und wir hatten gerührt verfolgt, wie die beiden Brüder sich begrüßten. Später erfuhren wir, dass es ursprünglich elf waren, von denen mehrere die Herrschaft der Roten Khmer nicht überlebt hatten.

Sam sprach nur, wenn er gefragt wurde. Aber es war schnell herauszuhören, dass er über großes Wissen verfügte, was die Vergangenheit seines Landes betraf. Dass er sich auch intensiv und klug mit der Zukunft befasste, konnten wir an dem Abend noch nicht wissen; und auf welche Weise wir es schließlich erfahren sollten, darauf wären wir nie gekommen.

Er arbeitete als Brunnenbauer. Die Brunnen legte er für einen großen, wirtschaftlich boomenden amerikanischen Konzern an, der sein Image mit großzügigen Spenden in einigen Ländern der sog. Dritten Welt aufpolierte. Sam war von diesem Konzern für die Arbeit in Kambodscha engagiert. Seine Aufgabe war es, geeignete Standorte für Brunnen zu benennen und ihren Bau zu überwachen. Und damit dieses Engagement populär wurde und sich zusätzliche Spender fanden, wurden neben den fertiggestellten Brunnen Hinweisschilder aufgestellt, die die Namen dieser Spender enthielten. Dafür bezahlten sie 300 U$.

Als wir mit der Besichtigung der Tempelruine fertig waren, tuschelten Sam und sein Bruder kurz miteinander. Dann teilte uns der ‚kleine' Bruder, der tourguide, mit, dass er heute Abend nicht mehr zurück nach Siem Reap fahren würde, sondern zu einer privaten Einladung auf dem Land. Doch für unsere Rückfahrt sei natürlich gesorgt: Sam würde uns mitnehmen.

Ich tat erstaunt, war aber im Grunde angenehm überrascht davon, denn ich hatte mir bereits Gedanken darüber gemacht, auf welche Weise wir Sam besser kennenlernen könnten. Mit seiner Zurückhaltung und dem großen Wissen, das er unaufdringlich und außerordentlich geschickt weitergab, hatte er großen Eindruck auf mich gemacht. Ich glaube, den anderen ging es genauso.

Wir fuhren also mit Sam. Und unser Eindruck verfestigte sich. Sam erzählte uns unterwegs von seiner Arbeit, und je mehr er davon preisgab, desto höher stieg er in unserer Achtung. Nach und nach wurde uns nämlich klar, dass es ihm vor allem darauf ankam, dort die Brunnen anzulegen, wo sie wirklich gebraucht wurden. Er erzählte uns von den vielen Kindern, die keinen Zugang zu sauberem Wasser haben und deshalb oft und ernsthaft krank werden. Ihre Eltern müssen sich dann mit ihnen auf einen viele Kilometer langen Weg in die Stadt machen, wo es ein Krankenhaus nur für Kinder gibt. Gebaut und geführt nicht vom Staat, sondern von einem Arzt aus der Schweiz, der es mit Spenden finanziert; die Kinder werden kostenlos behandelt. Oft erreichen sie das Krankenhaus aber zu spät. Entweder sind sie dann schon tot, oder es kann ihnen nicht mehr geholfen werden.

Sam, erfuhren wir, ist Ingenieur. Aber er hatte keine ihm gemäße Arbeit finden können. So hatte er sich den Amerikanern verpflichtet. Was er verdiene, wollten wir von ihm wissen. Er grinste uns an und klopfte an die Seitentür des Autos, in dem wir fuhren. Es gab einen hohlen, nicht gerade Vertrauen erweckenden Klang. Dann sagte er: 250 U$. Ein normaler Lehrer, das wussten wir, verdient 200 U$, und weil er damit nicht gut auskommt, verlangt er am Ende eines jeden Monats ein paar Dollar von den Eltern seiner Schüler.

Kurz bevor wir die Stadt erreichten, hielt er vor einem kleinen Bungalow. Noch während der Wagen abbremste, kam seine Frau heraus. Sie war überrascht, dass ihr Mann nicht allein war, doch sie fasste sich schnell. Fragte ihn etwas. Und er übersetzte, ob wir zum Abendessen bei ihnen bleiben wollten. Das war uns etwas unangenehm, denn obwohl auch die Frau einen eher gebildeten Eindruck machte, war nicht zu übersehen, dass die beiden - und ihre Kinder - auf sehr bescheidenem Niveau lebten. Ich weiß nicht mehr, wie wir uns herausredeten; jedenfalls kam es nicht zu dem gemeinsamen Abendessen, und wir fuhren mit einem Tuktuk, das Sam uns rufen ließ, alleine zurück in unser Hotel. Beim Abschied zog er Visitenkarten mit seinem Namen und dem Emblem seines Arbeitgebers aus dem Portemonnaie und gab jedem von uns eine; wir revanchierten uns mit unseren. Und wie es immer ist: wir versicherten, dass wir ihm schreiben würden, und dass der Nachmittag durch seine Bekanntschaft und Freundlichkeit etwas ganz Besonderes gewesen sei.

Zurück von der Reise nach Angkor musste ich oft an diesen Abend denken. Ich bereute immer mehr, dass wir nicht mit Sam und seiner Frau zu Abend gegessen hatten. Vielleicht hatten wir ihn mit unserer Ablehnung vor den Kopf gestoßen. Und nun war er 10.000 km entfernt von mir, und an eine Wiederholung der verpassten Gelegenheit war nicht zu denken. Wer weiß, fragte ich mich oft, was aus dem entgangenen Abend geworden wäre. Ob er sich noch einmal an uns erinnert hatte?

Jahre später, als ich wieder einmal vor dem Computer saß und ziellos durch die Welt surfte, stieß ich zufällig auf den Namen des Konzerns, in dessen Auftrag Sam Brunnen bohrt. Auf seiner Website waren 5 oder 6 Länder mit Entwicklungs-Projekten aufgeführt. Darunter auch Kambodscha. Ich geriet ins Schwitzen und hatte kurz danach die Region Angkor auf dem Schirm: wunderschöne Bilder von neu angelegten Brunnen, um die herum verlegen lächelnde Menschen standen - und die Brunnenbauer. Von Sam war jedoch nichts zu sehen. Weder sein Name noch sein Foto.

Diese Entdeckung hatte mich aber endgültig

unruhig gemacht. Mein Wunsch, noch einmal einen Kontakt zu Sam herzustellen, wurde immer stärker. Aber wie sollte ich das machen? Ich erinnerte mich an die Visitenkarte, die er uns beim Abschied zugesteckt hatte, aber die hatte ich seit der Rückkehr von unserer Reise nicht mehr gesehen. Und ich fand sie auch nicht wieder, obwohl ich mir den Kopf darüber zerbrach, wo überall eine Suche Erfolg haben könnte. Nichts!

Schließlich dachte ich ernsthaft daran, noch einmal nach Angkor zu reisen. Zunächst sprach ich nicht darüber, weil ich wusste, dass alle mich für verrückt erklären würden. „Nur um diesen Sam noch einmal zu treffen?", würde es heißen. Aber die Idee ging mir nicht mehr aus dem Kopf. Selbst, wenn es mir nicht gelänge, Sam zu treffen: ich würde auch die Tempel gerne noch einmal besuchen. Vielleicht könnte ich mir diesmal ein Fahrrad leihen und allein herumfahren …

Ich musste warten, bis die Reisezeit günstig war. Das war im Januar. Und als ich auf dem kleinen Flughafen von Siem Reap landete, kam alles ganz anders als erwartet. Da war nämlich nicht die Angst - die Angst davor, dass ich Sam nicht wiederfinden könnte - sondern ganz im Gegenteil: die Hoffnung. Sie wuchs ganz unerwartet, als ich feststellte, dass sich nicht viel verändert hatte in der Stadt. Vieles erkannte ich wieder: die Straße vom Flughafen in die Stadt, den gemächlichen Verkehr, die vielen Tuktuks, die Fronten der riesigen Hotels. Selbst das kleine Guest House, in dem wir damals gewohnt hatten, gab es noch. Das Personal hatte zwar komplett gewechselt, aber die Zimmer sahen noch genauso aus wie damals.

Warum also sollte ich unter diesen Umständen nicht auch den Brunnenbauer Sam wiederfinden? Ich wusste ja noch, wo ungefähr das Haus stand, aus dem seine Frau herausgekommen und uns so freundlich begrüßt hatte. Und wenn ich das erst einmal gefunden hatte, konnte es nicht mehr schwer sein.

Also lieh ich mir ein Fahrrad und machte mich auf die Suche. Das war jedoch nicht so leicht, wie ich es mir vorgestellt hatte. Da gab es etliche Häuser, die es hätten sein können; bei meinem ersten Besuch war mir nicht aufgefallen, wie ähnlich sich viele sehen. Doch am zweiten Tag fand ich es tatsächlich! Ich konnte es wiedererkennen an dem typisch amerikanischen Briefkasten, der an der Tür angebracht war: er zeigte das Emblem des bewußten Konzerns. Das konnte nur Sams Haus sein!

Ich lehnte mein Fahrrad an die Hauswand und klopfte an die Tür. Nichts tat sich. Doch von irgendwoher waren Stimmen zu hören. Ich ging ihnen nach und stieß hinter dem Haus auf ein Elternpaar mit zwei noch relativ kleinen Kindern, die um einen Hühnerstall herumstanden. Sie guckten mich überrascht an. Aber sie sprachen nicht ein einziges Wort Englisch. Nach vergeblichen Versuchen, mich verständlich zu machen, zog ich mein Smartphone aus der Tasche und zeigte im Kontakte-Verzeichnis auf den Nachnamen Sams. Aber da er in lateinischen Buchstaben geschrieben war, konnten sie nichts damit anfangen. Dann versuchte ich mich an der Aussprache. Zuerst kicherten sie alle, aber dann wurde die Frau plötzlich hellhörig und wiederholte den Namen so, wie er wohl richtig ausgesprochen werden musste. Ich nickte wie elektrisiert und sage spontan „Ja, das ist er!", was sie mit einem verständnislosen Nicken quittierte. Doch plötzlich schien sie sich auf etwas zu besinnen, eilte in ihr Haus und kam mit einem Foto zurück, auf dem Sam neben einem neu gebauten Brunnen zu sehen war. Alles Weitere war eine Sache von zwei Minuten. Die Frau kritzelte eine Adresse auf einen Papierfetzen, drückte ihn mir in die Hand und zeigte dabei nach Süden. Dabei hob sie die Hand so hoch, dass ich auf eine größere Entfernung schließen konnte.

Zurück in meinem Guest House zeigte ich dem Mädchen an der Rezeption die Adresse. Sie wusste sofort Bescheid und zeigte nach Süden. „Tuktuk, 15 minutes!", sagte sie.

Ich nahm mir ein Tuktuk und ließ mich nach Süden fahren. Aus der Stadt heraus am Fluss entlang. Bis der Fahrer nach etwa 15 Minuten vor einem Haus hielt.

Ich hatte aber keine Zeit, mich über die so genau angegebene Fahrzeit zu wundern; ich wunderte mich über etwas
ganz anderes. Nein: ‚wundern‘ ist falsch! Ich konnte nicht
glauben, was ich sah. Das Haus war nämlich eine impo-
sante, dreistöckige, weiße Villa. Und im Garten, der noch
keiner war, denn überall lagen noch Baumwurzeln und
Steine herum, stand Sam und starrte mich an. Er stand
zwischen einigen strahlend weißen Gartenleuchten, die
um einen Brunnen gruppiert waren, und starrte zu mir
herüber. Es dauerte ein Weile, bis er sich in Bewegung
setzte und zuerst langsam, dann immer schneller auf mich
zukam. „It's you! I can't believe it!“, schrie er mir plötzlich
entgegen. Und ganz gegen die bedächtige, zurückhaltende
Art, in der ich ihn kennengelernt hatte, nahm er meine
rechte Hand zwischen seine beiden und schüttelte sie
sekundenlang.

Seine Freude war echt, daran war nicht zu zwei-
feln. Er zog mich in das noch nicht ganz fertiggestellte
Haus hinein und in die bereits funktionierende Küche,
wo er mich seiner Frau vorstellte und ihr und dem jungen
Mädchen, das still im Hintergrund stand, Anweisungen
für ein Abendessen gab. Dann zog er zwei eiskalte Flaschen
Bier aus einem überdimensionalen Kühlschrank und
lotste mich zurück in den Garten, der einer werden sollte.
Doch bevor ich die Küche verließ, hatte ich einen kurzen
Augenblick Gelegenheit mich umzusehen. Unglaublich!

Der Herd, der Tiefkühlschrank, die Kaffeemaschine: alles glänzte nagelneu und stammte mit Sicherheit aus der obersten Preiskategorie.

Sam trug zwei Gartenstühle in den Schatten an der Hauswand und begann zu erzählen. Kurz nachdem ich damals zurückgeflogen war, hatte er keine Lust mehr zum Brunnenbauen. Er kündigte seinen Vertrag, kaufte sich das Grundstück, auf dem wir saßen, und begann mit dem Hausbau. Aber jetzt, erklärte er, sei er finanziell ein bisschen schwach auf der Brust und müsse beim Bauen eine Pause einlegen.

Wer in dem Haus wohnen sollte, fragte ich und guckte hinauf zur Dachterrasse, die nicht gerade klein war. Meine Familie, sagte er. Meine Frau, die Schwiegermutter, meine beiden Kinder.

Ich musste schlucken. Fünf Personen in einer dreistöckigen Villa! Und das in diesem Land!

„Come on!"

Sam sprang auf und zog mich zurück ins Haus. Führte mich durch alle Stockwerke bis hinauf zur großzügig angelegten Dachterrasse. Zeigte mir die sieben Zimmer - jedes mit Anschlüssen für Telefon und WLAN -, das zusätzliche für das Hausmädchen, die zahlreichen Abstellräume, die aus Teakholz gezimmerten Treppenstufen und die Badezimmer, jedes mit Dusche und Wanne. Sieben Badezimmer! Für jedes Zimmer eins.

Aus der Küche zog der köstliche Duft von frischen, gemörserten und gebratenen Knoblauchzehen.

Zurück im Garten musste ich mich erst einmal aus einer Art Schock lösen. Der zurückhaltende, bescheidene Sam und diese luxuriöse, verrückte Villa: wie passte das zusammen? Ich war nicht in der Lage ihm zuzuhören; ich musste erst einmal meine Gedanken ordnen. Und nach und nach kristallisierte sich dabei eine Frage heraus: warum sieben Badezimmer für fünf Personen? Und das in diesem Land?

Sam redete und redete. Was für ein Protz war aus dem stillen Brunnenbauer geworden! Was für ein Angeber, der es nötig hatte jedes Zimmer mit einem Badezimmer zu versehen! Vor meinem geistigen Auge sah ich bereits die indirekt erleuchtete Dachterrasse, den Carport, der noch anzulegen war - Sam hatte mir gezeigt, wo er entstehen sollte - und sein neues, PS-starkes Auto vor dem Haus.

Das wunderbare Abendessen, das wir in der Küche einnahmen, konnte ich nicht genießen. Ich wollte weg! Alles hinter mir lassen und nie wieder an diesen Ort kommen. Und als ich mich endlich so höflich wie möglich von Sam und seiner Frau verabschiedete, gelang es mir nur mit Mühe, die beiden anzusehen.

Doch was ich erlebt hatte, musste ich mit jemand teilen. Und als ich am Abend in einem kleinen Restaurant mit dessen Eigentümer ins Gespräch kam, ergriff ich die Gelegenheit. Ich erzählte ihm von Sam, den ich als bescheidenen, stillen, gebildeten Mann kennengelernt hatte, und von dem, den ich nun wiedergetroffen hatte. Der Eigentümer guckte mich an und schwieg. Er schien mir etwas sagen zu wollen, aber noch nicht zu wissen wie. Doch dann erklärte er mir, wie er die Sache sah. Und noch bevor er damit fertig war, leistete ich Abbitte gegenüber Sam und nahm mir vor, ihn noch einmal zu besuchen.

Der Eigentümer des Restaurants erzählte mir, wie

manche Leute, die ein bisschen Geld zusammengespart haben, dieses Geld und ihre Zukunft absichern wollen: indem sie Kredite aufnehmen und sich ein Haus bauen.

Eines mit je einem Badezimmer für jedes Schlafzimmer?, fragte ich ein wenig höhnisch. Ja, hieß die Antwort. Sie brauchen es nicht für sich. Sie benutzen nur eines und lassen die anderen verschlossen.

Ich verstand ihn nicht. Warum?

Weil sie auf den schnell wachsenden Tourismus in diese Stadt setzen, erklärte er.

Ich verstand ihn immer noch nicht.

Erst als er noch deutlicher wurde, begriff ich. Sehen Sie, sagte er, wenn diese Leute irgendwann einmal in wirtschaftliche Not kommen sollten, dann können sie ihr Haus als Hotel vermieten. Und dann braucht jedes Zimmer ein Badezimmer.

Da verstand ich. Und schwor, so bald wie möglich noch einmal zu Sams Villa zu fahren. Mindestens einmal noch.

Die Nonne von Banteay Kdei

Der Tempel von Banteay Kdei ist vor 800 Jahren erbaut worden. Viele Jahrhunderte lang haben die Mauern und Türbögen der tropischen Witterung getrotzt, doch jetzt bröckelt der Sandstein. Zwar haben die verantwortlichen Behörden die Mauern abstützen lassen, und manche Teile des Tempels dürfen sogar nicht mehr betreten werden - an seinem fortschreitenden Verfall ändert das nur wenig.

Trotzdem besitzt der Tempel für mich eine starke Anziehungskraft. Das hat verschiedene Gründe. Einer ist die Stille, die ihn umgibt; nur wenige Touristen kommen hierher. Ein anderer ist die Anmut der gesamten Anlage: die weitläufigen, offenen Zugänge sowohl aus Westen als auch von Osten; die angenehm breiten Wege sind von lichten, aber Schatten spendenden Gehölzen begrenzt. Eine dritte Besonderheit ist das Sonnenlicht, das beinahe von überallher in den Tempel eindringen kann, denn fast alle Dächer sind längst kollabiert. Bezaubernd sind die in die steinernen Wände gehauenen Apsara-Figuren, die himmlischen Tänzerinnen, die dem Verfall des Gebäudes zu trotzen scheinen und in ihrem Tanz nicht müde werden. Und ein letzter, ganz ungewöhnlicher Grund für die Anziehungskraft dieses Tempels ist die Bhikkhuni, die den Besucher still empfängt, wenn er in das Innere des Tempels vordringt.

Eine Bikkhuni ist eine buddhistische Nonne. Davon gibt es nicht viele in Kambodscha. Und die von Banteay Kdei ist schon sehr alt. Bevor man sie zu Gesicht bekommt, gerät man zunächst in den Dunstkreis glimmender Räucherstäbchen. Je nach Tageszeit ist ihr Geruch stärker oder schwächer, denn seine Intensität hängt mit der Anzahl der Besucher zusammen. Erst wenn man sich vorsichtig unter einem Türsturz hindurch in den Raum vorgewagt hat, aus dem die Rauchschwaden kommen, befindet man sich nur noch wenige Meter von der Nonne entfernt.

Was dann zuerst ins Auge fällt, ist aber immer noch nicht die Bikkhuni, sondern der schwarze, steinerne, etwas verborgen auf einem Podest sitzende Buddha. Vielleicht ist es seine absolute Reglosigkeit, die den Eindringling in diese Kammer sofort in den Bann zieht. Sein entrücktes Gesicht, seine fast geschlossenen Augenlider scheinen nicht mehr von dieser Welt; seine Haltung offenbart vollkommene Ergebenheit und Demut. Er meditiert, das zeigen seine geöffneten Handflächen. Über seine linke Schulter legt sich eine in warmen Goldtönen gehaltene Schärpe mit schwarzen Zeichen darauf; um seinen Hals ein safranfarbenes Tuch. Über ihm, von der Decke herab, hängen Figuren aus gewebten Stoffen, gebildet aus streng geometrischen Mustern. Und um ihn herum sind Schmuckbäume mit versilberten und vergoldeten Blättern aufgebaut, türkisfarbene Vasen mit Lotusknospen, dazu kleinere Buddha-Figuren.

Dieser Buddha nötigt zur Stille. Selbstverständlich vermeidet man jedes Geräusch; jeder Schritt muss behutsam geführt werden. So reduziert spürt man die belebende Kühle im Raum, einem der wenigen, die noch überdacht sind. Und mit den Augen folgt man, beinahe den Atem anhaltend, den zarten Schwaden, die von den Räucherstäbchen aufsteigen und scheinbar ziellos durch den Raum ziehen.

Und die Nonne? Die bemerkt man zuletzt. Obwohl sie keineswegs versteckt hinter einer Säule hockt. Doch fast ebenso bewegungslos, geräuschlos wie alles andere hier wartet sie geduldig auf den Blick des Besuchers. Es scheint, als sitze sie ohne Absicht auf ihrer Bastmatte. Doch das ist nicht so. Denn wenn erst einmal ein Blick auf sie gerichtet ist, lässt sie ihn nicht mehr los. Sie fängt ihn ein. Und fast gleichzeitig hebt sie die beiden Hände, die ein Bündel mit Räucherstäbchen umfassen, und streckt sie dem Besucher entgegen. ‚Hier, nimm!', scheint sie ihn leise aufzufordern. Noch einmal hebt und senkt sie die Hände und deutet, ihm die Stäbchen hinhaltend, auf die große, mit Sand gefüllte Tonschale, in denen schon dutzende Räucherstäbchen glimmen.

Was soll ich tun? Ich bin kein Buddhist. Darf ich mich an dem Ritual beteiligen?

Die Nonne nickt mir zu. ‚Warum zögerst du?' Und streckt mir das rote Bündel noch einmal auffordernd entgegen.

Als ich es ergreifen will, zieht sie schnell drei Stäbchen aus dem Bund, händigt sie mir aus und deutet auf ein Öllämpchen, an dem ich sie entzünden soll. Ich geh' in die Knie, hocke mich vor die Tonschale. Zittern meine Hände? Es dauert lange, bis die Stäbchen an ihrer Spitze Feuer fangen und ich sie, glimmend, in den Sand zu den anderen stecken kann. Und während sich an ihren Spitzen zarte Wölkchen formen, habe ich das Gefühl, als stünde ich weit neben mir und beobachtete mich selbst. Was ich sehe, kann ich aber nicht sagen; es formen sich keine klaren Gedanken.

Nachdem ich ‚meine' Stäbchen eine Weile angestarrt habe, richte ich mich bedächtig wieder auf und will den Raum still und in Andacht verlassen. Doch da macht die Nonne durch eine heftige Bewegung auf sich aufmerksam. Ich schaue hin zu ihr, es geht gar nicht anders, und diesmal streckt sie mir eine bronzene Schale entgegen, in der ein paar Dollarscheine liegen. Das ist eindeutig. Ich ziehe mein Portemonnaie aus der Tasche und lege noch einen dazu. Nun scheint sie zufrieden. Unerwartet ergreift sie meine linke Hand und zieht mich zu sich heran. Dann hat sie plötzlich einen gelbroten Faden in der Hand und bindet ihn mir sorgfältig um das linke Handgelenk. Schneidet die Enden ab, die aus dem Knoten herausragen, und sagt leise: ‚Good luck‘"

Ich bin entlassen.

Beinahe wäre ich über die steinerne Schwelle gestolpert, über die man aus der Kammer durch einen dunklen Gang in den Innenhof gelangt. Dort draußen setze ich mich verunsichert auf einen Steinbrocken, froh jedoch, der ungewohnten Situation entronnen zu sein. Aber es dauert nicht lange und ich bedauere, dass ich nur allzu wenig wahrgenommen habe vom dem, was mir widerfahren ist.

Während ich ganz allmählich wieder zu mir selbst finde, geht mir die Nonne nicht aus dem Kopf. Ist es überhaupt eine Nonne? Würde eine Nonne, die sich den Lehren Buddhas verpflichtet fühlt, so offensiv Geld sammeln? Auch am nächsten Tag kann ich mir darüber nicht klar werden. Genau so am übernächsten: Immer wieder kehren die Fragen zurück. Und es bleibt mir nichts anderes übrig, als noch einmal in den Tempel von Banteay

Kdei zurückzukehren.

Als ich den Geruch der glimmenden Räucher-stäbchen wahrnehme, beginnt mein Herz zu klopfen. Flüchtig mache ich mir den Vorwurf, die Nonne entlarven zu wollen. Ihr nachzuweisen, dass sie etwas Unrechtes tut.

Aber als ich die Kammer betrete, in der sie sitzt, muss ich den Atem anhalten. Denn was ich da sehe ist so komisch, dass ich am liebsten laut gelacht hätte. Ganz anders als bei meinem ersten Besuch ist die Nonne nicht in formlose, graue Tücher gehüllt, sondern trägt eine blitz-saubere, perfekt gebügelte weiße Bluse und einen hübsch gemusterten Sarong. In dieser Kleidung und mit ihrem geschorenen, ölig glänzenden Kopf, mit ihrem schlanken, zähen Körper sieht sie aus wie eine dynamische, gut geschulte Managerin.

Doch das ist nicht das Komische, obwohl die Nonne in diesem Outfit (so muss ich es nennen) 15, ja 20 Jahre jünger wirkt als bei meinem Besuch vor ein paar Tagen. Was heute an diesem Ort eine Atmosphäre alltäglicher Banalität schafft und jede Anmutung von Spiritualität nimmt, ist der etwa 10jährige Junge, der ihr gegenüber auf einer Bastmatte kniet und sich soeben ein gelb-rotes Bändchen um sein Handgelenk binden lässt, so eines, wie auch ich es seit einigen Tage trage. Aber auch das ist es nicht! Es ist sein knallrotes T-Shirt. Denn auf dem Rücken trägt es die Aufschriften „Bayern München" und „Müller", dazwischen in riesigen Zahlen die Nummer 25.

Kaum ist die Prozedur mit dem „Good luck!" seitens der Nonne beendet und der Junge wieder aufgestanden, trippelt seine kleine Schwester mit hochrotem Köpfchen heran und legt, ein wenig umständlich, einen 10-Dollar-Schein in die Schale, die ihr die Nonne entgegenhält. Als sie das getan hat, dreht sie sich schnell um, läuft beglückt zurück zu ihren Eltern und wirft sich ihrem Vater in die Arme. Alle vier lächeln die Nonne an; die Eltern grüßen sie mit einem angedeuteten Wai. Und gehen.

Da kommt Bewegung in die Frau. Sie greift nach dem 10-Dollar-Schein, prüft ihn, steckt ihn sich unter ihre Bluse, steht auf und verlässt den Raum. Auch ich gehe. Doch auf dem Rückweg, als ich den Tempel wieder verlassen will und die Kammer noch einmal in anderer Richtung durchqueren muss, taucht sie plötzlich, offensichtlich ohne mich wahrzunehmen, vor mir auf und eilt in ‚ihren' Raum. Ich folge ihr, bleibe aber so versteckt stehen, dass sie mich nicht sehen kann. Sie nimmt ihre gewohnte Sitzhaltung ein, zieht die bronzene Schale, leer!, unter einem kleinen Podest hervor, greift in ihre Bluse, hat zwei Ein-Dollar-Scheine in der Hand und legt sie in die Schale.

Soll ich ihr eine kleine Falle stellen?

Nach einer ganzen Weile betrete auch ich den Raum. Sie schaut mich an und streckt mir das Bündel mit den Räucherstäbchen entgegen. Ich meinerseits strecke ihr meinen linken Arm entgegen und deute mit der rechten Hand auf das Handgelenk mit dem gelbroten Faden. Siehst du, will ich ihr damit sagen, ich war doch schon vor ein paar Tagen hier!

Sie reagiert nicht.

Da nehme ich meinen Mut zusammen und spreche sie an. ‚Good luck!‘ wünscht sie allen, also spreche ich sie englisch an. Frage sie, ob sie jeden Tag hier ist. Und in welchem Kloster sie wohnt. Sie hört meine Fragen geduldig an, senkt den Kopf und lächelt still in sich hinein. Sicher denkt sie darüber nach, was sie mir antworten soll. Dann blickt sie auf zu mir und sagt: „Good luck!"

Ich wiederhole, was ich gefragt habe, und noch einmal höre ich „Good luck!"

„Good luck!", wünsche auch ich ihr. Ob sie das überhaupt versteht?

Spione am Bayon

Plötzlich hatte ich das eigenartige Gefühl, beobachtet zu werden. Irgendjemand registrierte jeden Schritt, den ich tat, jede Bewegung, die ich vollzog. Als wäre ich eine Ameise, die sich mühsam über eine weite, ebene Fläche fortbewegt, schnell und emsig, doch schutzlos ausgeliefert einem Riesen, der sie interessiert beobachtet und jederzeit, wenn er nur will, unter seinem Fuß zerquetschen kann.

Dieses Gefühl kannte ich nicht. Es ergriff im Nu meinen ganzen Körper. Es kroch über die Haut, strich über Arme und Beine und setzte mir heftig zu. Ich atmete unruhig und glaubte auf schwankendem Boden zu stehen. Ich ging ein paar Meter vorwärts und erschrak heftig, als ich über eine niedrige, kaum wahrnehmbare Schwelle stolperte und mich mit Mühe gerade noch aufrecht halten konnte.

Dann redete ich auf mich selbst ein. Mir war klar, dass es nur eine Möglichkeit gab, diesem Gefühl zu entkommen: ich musste mich zwingen, klar zu denken. Es musste doch möglich sein, eine Erklärung zu finden. Denn soviel ich in den letzten Wochen auch gehört hatte von Göttern und Geistern, die überall zugegen waren, ohne gesehen zu werden: ich glaubte nicht daran, dass es sie gibt. Nie und nimmer. Nicht in der Welt, in der ich lebe, so verrückt sie auch ist.

Vorsichtig schaute ich mich um, wie zufällig. War da jemand hinter mir, der sich plötzlich umwandte? Oder plötzlich innehielt und nicht mehr weiterging, hinter mir her?

Es war noch früh am Morgen, die Sonne stand noch unterhalb der Baumkronen und es waren erst wenige Touristen hierher gekommen. Doch ich war sicher, dass es keiner von ihnen war, der mich verfolgte. Es musste irgendein anderer sein. Oder irgendetwas Anderes. Denn ich war mir sicher: auf keinem Quadratmeter, hinter keiner Mauer hätte ich mich verstecken können. Das Gefühl war einfach da wie die Luft, die ich atmete, und ich war mir sicher, daß ich mich nicht täuschte.

Irgendjemand oder irgendetwas war ich also ausgeliefert. Und ich hatte keine Chance, mich aus dieser unsichtbaren Überwachung zu befreien. Das Seltsame war nur, dass mich niemand daran hinderte zu tun, was ich wollte. Ich überlegte, ob ich mich wieder auf mein Fahrrad setzen und zurückfahren sollte. Aber das kam mir lächerlich vor. Entschlossen ging ich ein paar Schritte vorwärts, kletterte ein paar Stufen hinauf und betrat den Tempel.

Der Koloss steht seit 800 Jahren. Massiv und filigran zugleich, denn die mächtigen Steinquader sind besetzt mit tausenden Figuren und Lebewesen, Waffen, kriegerischen Fahrzeugen und Gerätschaften, die in der Genauigkeit ihrer Darstellung an ein Wunder grenzen. Es ist der Bayon, den ein König namens Jayavarman von seinen Untertanen bauen ließ. Jayavarman VII herrschte über das Reich der Khmer, als es seine größte Ausdehnung und Machtfülle besaß, und er war war ein würdiger, ein guter König.

Vor mir lag jetzt einer der vielen Gänge, die in den Tempel hineinführen. Wenn man sie betreten hat, umfängt einen sofort die Kühle, die aus den Steinblöcken quillt. Nie dringt ein Sonnenstrahl direkt hinein in diese Gänge, durch die Tag für Tag tausende Touristen stolpern. Und obwohl es so viele sind, und obwohl sie sich gegenseitig im Wege stehen und auf die Füße treten, ist es auf eine eigenartige Weise still. Jeder fühlt eine seltsame Beklemmung und ist froh, wenn er wieder im Sonnenlicht steht.

Auf der zweiten oder dritten Ebene des Tempels trat ich hinaus ins Licht. Beinahe wäre ich gegen das Stativ einer Kamera gestoßen, die ein japanischer Tourist dort aufgestellt hatte. Die Linse war auf ein riesiges, steinernes

Gesicht gerichtet. Überlebensgroß war es aus dem Stein einer der vielen Türme gehauen. Ich entschuldigte mich bei dem Japaner, obwohl gar nichts passiert war, lief die Steinstufen wieder hinunter und war erleichtert, als ich den Tempel verlassen hatte.

In einiger Entfernung drehte ich mich noch einmal um und blickte zurück; ich war gespannt, ob ich das Gesicht, das der Japaner fotografiert hatte, erkennen könnte.

Da fiel es mir wie Schuppen von den Augen. Denn ich sah nicht nur eines, sondern dutzende. Überall, an jedem der vielen Türme, auf allen vier Seiten. Es war das Gesicht von Jayavarman VII. Damit seine Untertanen sich seiner Gegenwart stets bewusst waren und seine Macht niemals vergaßen, hatte er überall im Reich sein Gesicht in Stein meißeln lassen.

Soup Discount

Nördlich des Bayon Tempels, versteckt zwischen Bäumen, befindet sich eine Ansammlung von Restaurants. Wer auch nur in ihre Nähe gerät, wird sofort von Frauen mit bunten Speisekarten überfallen. Sie preisen laut und manchmal aggressiv ihr Essen an und versuchen, möglichst viele Kunden zu locken.

Für einen Touristen kann das sehr nervig werden. Er sieht sich einem Redeschwall - englisch! - gegenüber und hat kaum die Möglichkeit, in Ruhe einen Blick auf die Speisekarte zu werfen. Es ist ein bisschen wie Nötigung. Aber man möchte die Frau auch nicht barsch zurückweisen.

Ich wusste, was auf mich zukommen würde, als ich nach einer anstrengenden Tour mein Mountainbike in die Nähe der Restaurants schob. Ich war verschwitzt, mein T-Shirt zum Auswringen naß, und ich wollte zunächst einmal zu den Toiletten, um mir Gesicht und Hände zu waschen.

„Hello, Sir! Hellooooo!"

Eine Frau rannte über den Sandboden auf mich zu, in der Hand eine eingeschweißte Speisekarte mit vielen bunten, weitgehend verblichenen Fotos. Sie hielt sie mir dicht vors Gesicht und pries mir ihr Angebot an. Gebratenen Reis, Nudelsuppen, Currys, Khmer Food - alles wahlweise mit Chicken, Pork oder Beef. Oder nur mit Gemüse.

Ich wollte aber zunächst mal einen Platz für mein Fahrrad finden und schaute nicht auf die Speisekarte, sondern nach einem Baum, an dem ich mein Rad festmachen konnte. Das erkannte die Frau; ich war vermutlich nicht der erste, der sich so verhielt. Sie lief vor mir her und zeigte auf einen Baum, der ihr geeignet erschien. Als der meine Zustimmung nicht fand, lief sie weiter und machte einen anderen Vorschlag. Doch ich hatte inzwischen etwas noch Besseres gefunden, schloss das Rad an, ließ die Frau stehen und machte mich auf den Weg zu den Toiletten.

Als ich zurückkam, hatte ich mich entschieden: ja, ich wollte eine Suppe essen. War die Frau noch in der Nähe? Sie hatte eine dunkelblaue Hose und ein pinkfarbenes T-Shirt an, daran erinnerte ich mich. Und ich wollte, nachdem sie sich so engagiert hatte, nicht einfach zu einer anderen gehen.

Sie stand aber weit entfernt und beobachtete wohl

einen Bus, der sich gerade auf einen Parkplatz manövrierte. Doch dann drehte sie sich plötzlich um, sah mich und rannte erneut auf mich zu. Ich blieb stehen und ließ sie kommen.

„You go to my restaurant?", fragte sie voller Hoffnung.

Ich fragte zurück, ob sie eine Nudelsuppe habe. Als Reaktion zeigte sie mir sofort wieder die Speisekarte und tippte mit dem Finger auf ein Bild.

6 US$! Das war zuviel für eine Nudelsuppe; bei der Vietnamesin nicht weit von meinem Hotel bekommt man eine ganz wunderbare für 2 US$. Entsprechend fiel meine Reaktion aus. Die Frau hatte mein Kopfschütteln aber wohl erwartet. Sie beschwichtigte mich. Trat ganz nah an mich heran, guckte sich noch einmal um, ob jemand in der Nähe sei, und flüsterte mir unter dem Siegel der Verschwiegenheit zu:

"I'll give you discount. 4 US$. Okay?"

Darauf ließ ich mich ein. Ich musste zwar damit rechnen, dass die Suppe längst nicht so schmackhaft war wie bei der Vietnamesin, aber ich hatte Hunger; die lange Tour in der Hitze steckte mir tief in den Knochen und vor allem im Magen, und ich freute mich auf eine Suppe. Nachwürzen kann man ja immer noch.

Ich solle bloß niemandem davon erzählen!, wiederholte die Frau noch ein-, zweimal auf dem Weg zu ihrem Restaurant. Dort wies sie mir einen kleinen Tisch neben vielen anderen zu, die bereits besetzt waren.

„Noodle Soup!", wiederholte ich noch einmal und fügte laut und deutlich hinzu: „Discount!"

Sofort legte sie erschrocken ihren Finger auf die Lippen; das ist international gut verständlich.

„Don't tell anybody!"

Ich bestellte ein Getränk, bekam es, dazu ein Erfrischungstuch, ein Sammlung von Besteck in einem Köcher mit heißem Wasser und ein Körbchen mit Gewürzen. Chili- und Sojasauce waren dabei.

Dann wartete ich auf die Suppe. Und hatte Gelegenheit, die Frau in der dunkelblauen Hose und dem pinkfarbenen T-Shirt zu beobachten. Sie war unentwegt unterwegs. Lief von einem Touri zum anderen, hielt jedem die Speisekarte unter die Nase und wurde fast immer abgewiesen oder gar ignoriert. Was für ein Laufpensum hatte sie! Und das in der Hitze, denn der Radius, den sie bestritt, lag in weiten Teilen außerhalb schattenspendender Bäume.

Natürlich war sie längst nicht die einzige. Es war eine ganze Armada, die dort auf Beute zog. Manche der Frauen gingen dabei etwas aggressiver vor als ‚meine'. Und ihre Stimmen, wenn sie sich untereinander etwas zuriefen, klangen scharf.

Nach angemessener Zeit kam die Suppe. Sie war

nicht besonders geschmackvoll, ließ sich aber mit Chili- und Sojasauce deutlich aufbessern. Jedenfalls waren eine halbe Limone und sehr viel frisches Gemüse in der Schale, und die gelben Nudeln stillten den größten Hunger.

Während ich aß, bezahlte das Pärchen am Neben- tisch. Ich konnte sehen, dass sie einen 10-Dollar-Schein gaben und nichts zurück erhielten. Für 2 Essen und zwei Getränke. Da musste ich nicht lange rechnen; das hieß ja wohl, dass für ihr Essen jeweils 4 US$ berechnet worden waren, denn die Getränke kosteten allesamt 1 US$. Das gab mir zu denken. Als dann das Pärchen auf der anderen Seite ebenfalls mit einem 10-Dollar-Schein bezahlte - 2 Essen und 2 Getränke - und kein Wechselgeld erhielt, erhärtete sich mein Verdacht: Sollten etwa alle, die hier etwas aßen, zu Discount-Preisen essen?

Kaum hatte ich mein Schüssel - in Ruhe! - geleert, erschien ‚meine' Frau. Sie hatte wohl alles im Blick!

„Good?", wollte sie wissen. Oder fragte sie jedenfalls.

„Okay!", antwortete ich und hatte ebenfalls eine Frage auf den Lippen. Aber die verkniff ich mir. Gab ihr einen 5-Dollar-Schein und bedankte mich.

„Soup Discount!", flüsterte sie mir zu und lächelte.

Kurz darauf war sie wieder auf Kundenfang. Ich blieb noch eine Weile sitzen und beobachtete, wie sie hin- und herlief und meistens erfolglos war. Nein, ich hätte nicht an ihrer Stelle sein mögen. Und ich nahm mir vor, in Zukunft etwas nachsichtiger zu sein gegenüber aufdringlich vorgetragenen Angeboten.

Der verschwundene Weg

Am großen Tempel von Angkor, gegenüber dem Haupttor, zweigt eine asphaltierte Straße ab. Sie führt schnurgerade Richtung Westen, bis sie, nach knapp 4 Kilometern, auf den kleinen Flughafen von Siem Reap stößt. Umfährt man dieses Gelände im Norden, gelangt man über holperige Lehmpisten und durch verstaubte Wäldchen zu einem Kloster; sein Gelände grenzt unmittelbar ans Ufer des West Baray.

Das Kloster ist alles andere als sehenswert. Touristen würden es vielleicht boshaft mit einem Recycling-Hof vergleichen. Aber Touristen gibt es hier nicht. Denn zwischen Blumenbeeten, die als solche kaum noch erkennbar sind, zwischen weiß gekalkten Gebäuden und brüchigen Beton-Skulpturen aus der Lebensgeschichte Buddhas liegen, planlos verstreut, überall Baumaterialien: Steine, aufgeplatzte Zementsäcke, Sandhaufen. Im Schatten eines etwas abseits stehenden Hauses lagern

Möbelreste, Fahrzeugteile, Bretterstapel. Hier und da Müllberge. Etliche bedauernswert magere Hunde streunen umher und schnüffeln lustlos in den Abfällen herum.

Menschen sind nicht zu entdecken. Erst als ich mein Fahrrad an eine Mauer gelehnt habe und einen Schluck Wasser trinke, höre ich unterdrückte Stimmen. Sie kommen von ein paar Gestalten, die hinter dem geöffneten Tor im Inneren eines Bretterschuppens stehen. Im Halbdunkel sind sie kaum auszumachen. Aber, soviel kann ich erkennen: sie alle starren zu mir herüber. Ein wenig erschrocken verschließe ich die Wasserflasche, verstaue sie in meinem Rucksack und nähere mich ihnen Schritt für Schritt. Es sind Männer, ausnahmslos. Sie alle scheinen genau so unsicher zu sein wie ich und rücken ein wenig zusammen, als suchten sie Schutz. Dabei gerät einer ins Stolpern. Die anderen lachen kurz auf; aber es ist kein wirkliches Lachen, sondern eher eine Befreiung, die sofort wieder in gespanntes Schweigen übergeht: Was will der Fremde?

„Hello!", sage ich so unbekümmert wie möglich, bleibe stehen und ziehe meine Landkarte aus dem Rucksack. „Can you help me?"

Keine Reaktion.

Woher sollten sie auch Englisch können?

Ich bücke mich, entfalte die Karte und breite sie vor mir auf dem Boden aus. „West Baray!", sage ich laut vernehmlich und zeige auf das blaue Rechteck auf der Karte.

Die Phalanx der Männer rückt ein wenig näher. Ich tippe noch einmal auf das blaue Rechteck und frage, nur um etwas zu tun, aber ohne auf Antwort zu hoffen, ob man mit dem Fahrrad vollständig um den Baray herumfahren kann…

Bestimmt ist es kein Problem, den Weg auch ohne Karte zu finden: ich muss den See ja nur im Uhrzeigersinn umfahren und mich immer in Ufernähe halten. Aber ich muss unbedingt wissen, ob der eingezeichnete Weg, der sich auf meiner Landkarte als spindeldürrer Strich um den Baray herumzieht, noch vollständig existiert. Oder ob er sich irgendwo im undurchdringlichen Unterholz verliert.

Da wagt es einer der Männer, näher heranzutreten. Schritt für Schritt kommt er auf mich zu und erweckt den Eindruck, als wolle er sich einer Herausforderung stellen. Er ist klein, der Mann, sicher einen halben Kopf kleiner als ich, aber er scheint vor Kraft zu platzen. Auf seinem T-Shirt prangen die verblassten Konturen eines Che Guevara-Konterfeis und auf seinem linken Oberarm ein Tatoo: eine angriffslustig aufgerichtete Kobra, die ihr Maul aufreißt und einen Unheil bringenden Giftzahn zeigt. Mir ist nicht wohl.

Hätte ich doch nie Halt gemacht an diesem

Kloster! Doch jetzt bleibt mir nur der Weg nach vorn. Ich versuche, meine Angst zu verbergen und fahre mit dem Zeigefinger langsam den Strich entlang, zeige dann auf mein Fahrrad, ahme mit den Armen eine Tretbewegung nach und zeige noch einmal auf den Strich, verfolge ihn mit meinem Finger rund um den Baray herum.

Währenddessen beobachtet mich der Mann interessiert. Und dann sieht es so aus, als begreife er. Denn plötzlich nickt er heftig mit dem Kopf, ahmt seinerseits die Tretbewegung nach, kreist mit seinem Finger um ganzen See und schaut mich siegesbewusst, mit einem vieldeutigen Grinsen an. Ich bedanke mich mit einer angedeuteten Verbeugung, falte die Karte wieder zusammen und verstaue sie im Rucksack.

Als wolle er mir noch einmal versichern, was ich wissen wollte, fährt er plötzlich mit der Hand, den Zeigefinger ausgestreckt, durch die Luft und beschreibt dabei einen geschlossenen Kreis. Ich versuche ein Lächeln, denn ich bin froh, diese Begegnung hinter mich gebracht zu haben. Aber ich traue dem Mann mit dem Che-Gesicht nicht. Bin mir nicht sicher, ob er wirklich begriffen hatte, was ich wissen will oder ob er mich nur nachgeahmt hat. Schließlich hängt für mich eine Menge davon ab.

Was also soll ich tun?

Wie groß ist das Risiko?

Von der Anhöhe, auf der das Kloster liegt, ist das

gegenüberliegende, das nördliche Ufer des Gewässers zwar deutlich zu erkennen, aber nach Westen hin erstreckt es sich beinahe endlos; ein Ufer ist im Dunst der Hitze nicht auszumachen. Gut 2 km breit und 8 km lang ist das riesige Vorratsbecken, steht im Reiseführer. Angelegt vor 1000 Jahren, war es der größte Wasserspeicher der Bevölkerung von Angkor.

Soll ich es wagen?

Weit unterhalb meines Standortes bewegt sich soeben eine Gruppe von Wasserbüffeln träge auf das Ufer zu. Gespannt verfolge ich, wie sie einer nach dem anderen im Zeitlupentempo ins Wasser gleiten und würdevoll davonschwimmen. Als ihre massigen Köpfe kaum noch zu erkennen sind, kehrt die immer noch ungelöste Frage erneut zurück:

Soll ich es riskieren, das riesige Vorratsbecken zu umfahren? Kann ich sicher sein, dass der Weg vollständig herum führt und ich wieder an meinem Ausgangspunkt ankomme? Oder werde ich irgendwo stranden und umkehren müssen, möglicherweise denselben weiten Weg in großer Hitze noch einmal zurückfahren müssen?

3 Literflaschen mit Wasser liegen im Fahrrad-korb, das müsste reichen. Und so mache ich mich, wenn auch zögerlich, auf nach Westen. Schon auf den ersten Metern zeigt sich, dass die Fahrt beschwerlich sein wird. Die sandige, aber feste Oberfläche des Weges weist zahl-

lose, zum Teil tiefere Löcher auf - die Folge eines kräftigen, um diese Jahreszeit so seltenen Regenfalls - und von ihnen aus ziehen sich etliche schmale, ausgespülte Gräben durch den lehmigen Boden hinab zum See. Ich komme nur langsam vorwärts. Den Blick aufmerksam auf den Weg unmittelbar vor mir gerichtet, muss ich immer neue Senken umfahren und sogar einige noch mit Wasser gefüllte Mulden durchqueren: ihre Tiefe und Bodenbeschaffenheit kann ich nur ahnen. Ich nehme mir vor, es für 1 oder 2 Kilometer auszuprobieren und dann zurückfahren, wenn der Weg nicht besser wird.

Aber nach einer Weile komme ich gut voran. Das Fahrrad rollt. Der Weg verläuft nun einige Meter oberhalb des Sees, doch der Boden ist fest, wenn auch durchsetzt von kleinen Steinen. Bodenrillen oder tiefere Furchen gibt es hier keine mehr. Durch die dichten Büsche neben mir blitzt ab und zu der See auf. So macht das Fahren Spaß. Nur heiß wird es allmählich. Und weit und breit kein Baum am Weg, der, wenn auch nur für Sekunden, Schatten bereithält.

Menschen begegnen mir keine. Warum sollte auch jemand hier herumfahren?

Wieso fahre ich eigentlich hier entlang?

Weil es mich reizt, unbekannte Wege zu fahren. Weil ich die kleinen Abenteuer suche. Aber auch, weil ich aus dem Touristenstrom ausbrechen möchte.

Als ich kurz anhalte, um Wasser zu trinken, spüre ich die Hitze, die ich bisher nicht bemerkt habe, weil der Fahrtwind sie deutlich abmildert.

Was wäre, wenn ich jetzt eine Panne hätte?

Hilfe gibt es hier keine.

Wie viele Kilometer bin ich überhaupt schon gefahren? Mehr als 8 können es nicht sein, denn sonst hätte ich schon die Abbiegung nach Norden hinter mir; der Weg führt aber immer noch nach Westen.

Auf diesem Untergrund gehen die Kilometer in die Knochen. Und auf der Suche nach der besten Sitzhaltung rutsche ich auf dem Sattel hin und her. Von der Abbiegung, rechne ich mir aus, führt der Weg erst gut 2 km nach Norden, bevor er sich -parallel zu dem, auf dem ich jetzt bin- auf der anderen Seite des Sees wieder nach Osten wendet. Also mindestens 10 km habe ich noch vor mir.

Kleine Pause.

Ich lege mein Rad auf den Weg und trinke Wasser.

Und gucke mich um.

Links neben mir führt ein Pfad in die Büsche. Ich bin neugierig und folge ihm. Langsam und Schritt für Schritt, vorsichtig, denn ich habe tiefen Respekt vor Tieren, die ich nicht kenne. ‚Fest auftreten, dann verziehen sich die Schlangen sofort ins Unterholz!' - dieser gute Rat fällt mir wieder ein, und ich richte mich danach. Auch wenn ich darüber lachen muss, wie ich mich zwischen den enger werdenden Büschen gebückt und fest auf den Boden stapfend voran bewege.

Doch plötzlich öffnet sich der Weg, und ich befinde mich auf einer winzigen Lichtung. Da hockt ein Buddha. Eine winzige Figur, nicht größer als 30, 40 cm, auf dem sauber abgesägten Stamm eines Baumes. Von oben herab schaut er auf mich herab und streckt mir seine geöffnete Hand entgegen: Friede! Ich schaue zu ihm hinauf und gerate ins Grübeln. Schön, dass ich nicht ganz allein bin. Doch er tut mir ein bisschen leid, denn er macht einen arg mitgenommenen Eindruck. Sonne und Regen, Hitze und Feuchtigkeit haben ihn gezeichnet. Und die, die ihn hier aufsuchen, meinen es auch nicht gut mit ihm: Cola-Dosen und leere Zigarettenpackungen, sogar zerknüllte Papiertücher und die Reste einer Chips-Packung liegen um ihn herum auf dem Erdboden. Das Nirvana ist das nicht.

Etwas ausgeruht fahre ich weiter, und bald darauf stoße ich auf die Abbiegung nach Norden. Nun habe ich die Sonne im Rücken; das macht es leichter. Und dann taucht tatsächlich ein Mensch vor mir auf. Zunächst sehe ich nur seinen tief nach vorne gebeugten Rücken, links neben seinem schwer bepackten Fahrrad, das er mühsam voran schiebt. Als ich näher komme, erkenne ich ein ganzes Bündel von langen Bambusstäben, das der Mann über Lenker und Sattel gelegt hat. Was die wohl wiegen?

Trotz der Anstrengung lächelt er mir zu, vielleicht froh über die kleine Unterbrechung auf seinem anstrengenden Weg. Wo er wohl hin will?

Jedenfalls führt der Weg irgendwohin, das ist beruhigend.

Kurz darauf biegt er nach Osten ab, und nun fahre ich parallel zu meinem Hinweg, allerdings in die entgegengesetzte Richtung. Höchstens 8 km noch, dann weiß ich mehr. Zu meiner Freude komme ich immer besser voran. Rechts, hinter einem mit verfilzten Sträuchern bewachsenen Wall, liegt der See; links dichter Wald. Und von oben die Sonne. Sie brennt. Und das ist keine Übertreibung! Sie brennt wirklich. Unaufhörlich. Trotz des Sonnenschutzes, mit dem ich mich eingecremt habe, brennt sie sich langsam in die Haut hinein, und ich bereue zutiefst, kein langärmeliges Hemd angezogen zu haben. Ich weiß, wie es sich anfühlen wird nachts unter dem Bettlaken.

Unbewusst fahre ich schneller, aber je flotter ich vorankomme, desto nervöser werde ich. Wird der Weg sich vielleicht doch irgendwo im Gestrüpp verlieren?

Mein Hals ist ausgetrocknet. Er kratzt. Doch ich will nicht anhalten, nur um Wasser zu trinken. Fast 3 Stunden bin ich schon unterwegs, und ich will endlich ans Ziel, egal, wie es aussieht. Will meine wachsenden Zweifel loswerden.

Der Mann mit dem Che Guevara-Gesicht kommt mir plötzlich wieder in den Sinn. Und ich sehe ihn vor mir, wie er, vor Kraft strotzend, langsam auf mich zu geht. Und es scheint mir auf einmal vollkommen klar, dass er mich von Anfang an täuschen wollte. Ja, natürlich: er hat sofort begriffen, was ich wissen wollte und eine gemeine Lust entwickelt, mich hereinzulegen. Wahrscheinlich hat er die Gelegenheit genutzt, es einem dieser verrückten, reichen Touristen zu zeigen. Ihm klarzumachen, dass er sich hier nicht alles erlauben kann.

Die Kobra hat zugebissen!

Plötzlich schlägt irgendetwas heftig gegen mein Rad, reißt das Vorderrad nach links. Es gelingt mir nur mühsam einen Sturz zu vermeiden. Blut schießt mir in den Kopf; eine Panne kann ich jetzt überhaupt nicht gebrauchen. Doch es war nur eine Wurzel; das Fahrrad scheint in Ordnung zu sein. Erheblich langsamer fahre ich weiter, achte noch besser auf den Weg als bisher. Er scheint schmaler zu werden; immer öfter muss ich Ästen und ganzen Büschen ausweichen, die sich in den Weg drängen. Von beiden Seiten. Hat das etwas zu bedeuten? Ist es nur eine Art ‚Engpass‘, den ich bald hinter mir habe?

Weit kann es eigentlich nicht mehr sein. Aber eine genaue Orientierung ist unmöglich, denn inzwischen ist das Buschwerk zwischen Weg und Wasser so dicht geworden, dass ich den See und das gegenüberliegende

Ufer nicht mehr erkennen kann.

Beinahe im Schritttempo fahre ich jetzt, immer wieder Wurzeln und Ästen ausweichend. Und dann ist endgültig Schluss. Ich hätte es ahnen können, ja: wissen müssen, denn es hatte sich ja angedeutet! Wie in einem Trichter, der immer schmaler wird, habe ich die Engstelle am unteren Ende erreicht. Fertig, aus!

Wenigstens habe ich jetzt die Antwort auf meine Frage. Und kann endlich in Ruhe einen Schluck Wasser trinken. Weil ich am Morgen sehr früh losgefahren bin, ist mit der Abenddämmerung noch nicht so bald zu rechnen. Und der Weg zurück ist nicht zu verfehlen; auch das beruhigt.

Oder gibt es doch noch irgendwo eine Lücke im Buschwerk?

Unschlüssig stehe ich eine Weile im Schatten eines Baumes. Die brennenden Arme rufen sich in Erinnerung! Es fühlt sich an, als kratze die Hitze über meine Haut.

Da bellt ein Hund.

Wo ein Hund bellt, sind meist auch Menschen in der Nähe. Hellwach höre ich in alle Richtungen. Woher kommt das Gebell? Da ist es wieder! Es kann nicht allzu weit entfernt sein, halblinks vor mir. Ich lasse das Rad stehen und suche mir einen Weg durch die Büsche. Bis ich auf einen Pfad stoße, der sich durch dichtes, vertrocknetes Grünzeug schlängelt, bis er plötzlich steil einen

Hang hinabführt. Und da unten, zwischen Bäumen, etwa 10 m unterhalb meines Standortes, kaum mehr als 50 m entfernt steht ein Haus.

Ich mache mich sofort auf den Rückweg, innerlich jubelnd, hole mein Fahrrad und quäle mich mit ihm erneut durch das Dickicht bis zu dem Pfad. Jede Anstrengung ist mir jetzt egal; ich weiß, dass ich bald ‚gerettet' bin. Rutschend und immer wieder stürzend gleite ich, beide Hände am Lenker, den Hang hinab und erreiche tatsächlich das Haus. Und was noch viel schöner ist: eine asphaltierte Straße, die am Haus vorüber läuft und auf der gerade ein Auto vorbei rollt.

Den Hund habe ich völlig vergessen. Doch plötzlich springt er auf mich zu und kläfft mich an. So unbeeindruckt wie möglich schiebe ich mein Rad in Richtung Straße; der Hund läuft kläffend neben mir her.

Das Haus entpuppt sich als eine Art Supermarkt mit integrierter Tankstelle. In einem zwei Stockwerke hohen, zur Straße offenen Raum stapeln sich Kisten, Säcke, Tüten und Pakete aller Art. Auf einem aufgebockten Brett stehen ein knappes Dutzend schmierige, verölte Flaschen, verschlossen mit fleckigen Stoffresten: Kraftstoff für Motorräder. Und aus dem Hintergrund schlurft eine uralte Frau heran, rückt mit unerwartetem Schwung einen arg ramponierten Plastikhocker in meine Nähe und fordert mich auf Platz zu nehmen.

Ihr Gesicht ähnelt einer dieser knorrigen Baumwurzeln, die ich unterwegs immer wieder gesehen hatte.
Aber anders als die ist es äußerst lebendig. Während ihr
Mund sich in unglaublichem Tempo wechselweise akro-
batisch verzerrt und dabei einen Strom von Wörtern
ausspuckt, von denen ich keines einziges verstehe, blitzt
es immer wieder rot zwischen ihren Zahnstummeln auf.
Bethel. Und dann, endlich, verstehe ich das Wort, auf das
es ankommt und das sie unentwegt wiederholt: Coffee.

Ja, Kaffee. Lust habe ich keine darauf, aber was
soll ich machen? Ich möchte gerne sitzen bleiben und mich
ausruhen. Also ja: Coffee!

Die Alte schlurft davon. Zeit, mich umzuschauen.
Die Straße, die nur wenige Meter am Haus vorbeiläuft,
müsste eigentlich auf die Straße stoßen, auf der ich heute
morgen Richtung Flughafen gefahren war. Da würde sich
der Kreis schließen! Unmöglich, dass sie irgendwo im
Busch endet.

Ein Motorrad biegt von der Straße ab und
kommt neben dem Brett mit den verölten Flaschen zum
Stehen. Der Fahrer öffnet die Frontklappe des Helms nach
oben, bleibt aber auf seinem Gefährt sitzen und wartet.
Sekunden später erscheint die Alte, füllt ohne ein Wort
den dickflüssigen Inhalt einer der Flaschen in den Tank
und lässt sich, ohne hinzugucken, ein paar Scheine in
die Hand drücken. Während das Motorrad startet und

die Alte wieder hinter den Kisten verschwindet, frage ich mich, ob sie sich wohl die Hände wäscht, bevor sie sich an die Zubereitung meines Kaffees macht.

Immerhin sitze ich, atme durch und habe die Straße im Blick, die mich irgendwohin führen wird.

Etwas zu essen wäre aber nicht schlecht. Doch ich kann nichts entdecken, worauf ich Lust hätte. Die Chips-Tüten und Kekspackungen auf den Regalen sehen eher nach Museum aus als nach Frischmarkt.

Und allmählich kommt die Unruhe zurück. 10 Minuten sind bestimmt vergangen, seit ich den Kaffee bestellt habe. Sie kann ihn doch nicht vergessen haben! Ich stehe auf, gehe zögernd ein paar Schritte in die Richtung, aus der die Alte gekommen war, und horche gespannt auf verräterische Geräusche. Da taucht sie urplötzlich, wie aus dem Nichts, mit einem Tablett auf und schaut mich an, als habe sie absolut kein Verständnis für meine Unge-duld. Unmißverständlich weist sie auf den Plastikhocker, stellt das Tablett auf einer Kiste daneben ab und ist sofort wieder verschwunden.

Auf dem Tablett finde ich: einen Becher mit kochend heißem Wasser, ein Tütchen Nescafé, ein Papierröllchen Zucker, eine luftdicht verschlossene Packung mit Kokoskeksen.

Noch während ich diesen Festschmaus zu mir nehme, rollt aus dem Hinterhof ein Pickup heran. Am

Steuer ein junger Mann. Als er mich entdeckt, überschwemmt ein saftiges Grinsen sein Gesicht. Aber erst, als er seinen Arm aus dem Seitenfenster hängt, erkenne ich ihn. Er zeigt zuerst auf mein Fahrrad, dann auf mich und zuletzt auf die Ladefläche. „Siem Reap", sagt er. Will er mich etwa mitnehmen?

Die knorrige Alte zeigt ebenfalls auf mich, dann auf das Auto und macht eine Handbewegung, die wohl soviel heißt wie ‚ab!'. Ich begreife, springe auf und krame im Rucksack nach meinem Portemonnaie. Doch die Alte winkt ab. Und ehe ich so richtig begriffen habe, bin ich mit meinem Fahrrad unterwegs nach Siem Reap. Neben mir, einen Kopf kleiner, der Mann mit der Kobra auf dem Arm.

Den Kaffee hatte ich noch gar nicht ausgetrunken.

Das gräßliche Lachen

Die beiden Männer machten einen harmlosen Eindruck. Sie waren klein und zart gebaut. Dass ausgerechnet solche wie sie an diesem Ort arbeiteten, überraschte mich. Denn was sie zu tun hatten, stellte hohe, extrem hohe Ansprüche an ihre Geschicklichkeit. Besonders aber an ihre körperlichen Kräfte. Ihre Aufgabe war es nämlich, die schwergewichtigen Quader und Brocken aus Sandstein, die im Lauf der Jahrhunderte von den Mauern und Türmen des Tempels Ta Nei herabgestürzt waren, zu sichern. Die meisten waren längst von Buschwerk überwachsen. Das bedeutete, sie mussten die Brocken von Wurzeln, Ästen und anderen Ablagerungen befreien. Sodann mussten sie ihre Lage in der Tempelruine dokumentieren. Und sie mussten sie einzeln aus den Trümmerhaufen herausholen, kennzeichnen und auf einem Platz am Rande des Waldes ablegen. Für all das stand ihnen nur wenig geeignetes Werkzeug zur Verfügung.

Dass die Männer mir auch in dieser Einsamkeit keine Angst einjagten, lag aber vor allem an ihren arglosen, unbedarften Gesichtern. Damit will ich keineswegs sagen, dass sie einfältig wirkten. Nein, sie drückten vielmehr ein unschuldiges, argloses Vertrauen aus. So als seien sie zwar überrascht, aber zugleich erfreut über mein Auftauchen. Sie standen einfach da und lächelten mir freundlich zu, als ich mein Mountainbike an einen Baum lehnte und einen Schluck aus meiner Wasserflasche nahm. Eigentlich hätten sie mich fragen müssen, was ich hier wollte, mitten in der Wildnis, weit entfernt von jeder Straße. Aber ihre Gesichter spiegelten nichts dergleichen wider.

Dann jedoch tat ich etwas, was sich später als großer Fehler herausstellte. Ich ging langsam auf die beiden zu und begrüßte sie mit einer angedeuteten Verbeugung, die Achtung, aber zugleich Selbstsicherheit vermitteln sollte. Einen kurzen Augenblick schienen sie nicht zu wissen, wie sie darauf reagieren sollten. Sie standen da und sahen mich an. Taten mir leid mit ihren dreckigen, nackten Füßen, in den dünnen, zerschlissenen Leinenhosen und den in der Sonne gebleichten T-Shirts. Das war aber gar nicht nötig, denn sie schienen ganz zufrieden mit den Umständen.

Doch plötzlich gab mir der eine ein Handzeichen: ich solle ihnen folgen. Froh über die Gemeinsamkeit, die sich unvorhergesehen entwickelte, tat ich das und wurde wenige Meter zu einer Holzhütte geführt. Sie bestand aus nur einem winzigen Raum mit zwei spärlichen Lagerstätten. Darauf ließen wir uns nieder; ich mit dem Rücken zur Wand. Nicht, weil ich vorsichtig sein wollte, sondern weil ich es im Schneidersitz nicht länger als eine Minute aushalte.

Plötzlich standen eine Flasche Reiswhisky und ein Kübel mit Eiswürfeln zwischen uns; woher das Eis stammte, war mir ein Rätsel. Einer der Männer, der kleinere von den Kleinen, schob drei Gläser dazu - und die Party begann.

Sage mir keiner, ich hätte vorsichtig sein sollen! Mir war völlig klar, dass dieser Whisky irgendwann Wirkung zeigen musste. Aber das ‚irgendwann' rückt in weite Ferne, wenn man glücklich ist. Und das war ich! Denn wo erlebt man schon so etwas? Mitten im Wald, nicht einmal einen Steinwurf entfernt von einem eingestürzten Tempel, der in den Reiseführern kaum erwähnt wird? Das kann man nie und nimmer planen. Das bietet keine Reisegesellschaft an. Das war zweifellos ein besonderer Abenteuerurlaub!

Selbstverständlich konnten wir uns nicht mit Wörtern verständigen, aber es gibt genug andere Möglichkeiten. Gesten, Lachen, Mimik, Handzeichen. Und mein ipad, das ich im Rucksack hatte! Das fand natürlich keine Verbindung zum Internet, aber das Zeichenprogramm konnten wir auch so benutzen. Die beiden waren begeistert. Und ich musste nicht einmal fürchten um das Gerät, denn die Männer behandelten es wie ein rohes Ei.

Spätestens, als mir der eine beim Einschenken seinen Arm um die Schulter legte, hätte ich hellwach werden müssen. Doch es war nicht das zweite und auch nicht das dritte Glas, und in meiner Begeisterung über die wunderbare Verbrüderung mit den ‚einfachen Leuten aus dem Volk' hatte ich alle Vorsicht aufgegeben. Ich hatte auch nicht bemerkt, dass es draußen dunkel geworden war. Ich bekam nicht einmal mit, dass die beiden die Hütte verließen.

Als ich aufwachte, war es rabenschwarze Nacht. Und kaum, dass ich meine Gedanken einigermaßen unter Kontrolle hatte, erwischte es mich wie ein elektrischer Schlag: mein ipad! Ich hätte mich ohrfeigen können! Beinahe panisch kroch ich auf allen Vieren umher und wischte mit der Hand über den Fußboden. Und stieß bald auf Metall: das ipad! Mit einem Stoßseufzer sprang ich auf, zog mein Smartphone aus der Tasche, machte die Taschenlampe an und leuchtete aus dem Fenster: auch das Mountainbike stand noch da. Doch die beiden Männer waren verschwunden, ohne mich zu bestehlen. Wahrscheinlich hatten sie nichts mehr mit mir anfangen können. Und ich? Ich erinnerte mich an den Moment, als bei irgendeinem Picknick in Thailand ein junger Mann ohne irgendwelche vorherigen Anzeichen urplötzlich umgefallen war. Er hatte Reiswhisky getrunken. Ich Idiot!

Wie fast alle Fahrräder in dieser Gegend der Welt hatte auch meines keine Beleuchtung. Also stand ich da und dachte nach. Es war noch angenehm warm, etwa 30 Grad. Aber stockduster. Mehr zu ahnen als zu sehen vor mir die schwarzen, verschwommenen Umrisse des Tempels. Und keine Menschenseele. Bis zur Straße waren es bestimmt drei, mindestens zwei Kilometer. Und der schmale Weg, über den ich gekommen war, schien in der Dunkelheit verschwunden. Zu dicht war die Wand aus Bäumen und Unterholz. In meiner Wut über mich selbst trat ich mir noch einmal im Geiste vors Schienenbein.

Doch der Schmerz, der eigentlich mein Bein hätte erreichen müssen, zumindest imaginär, erwischte mich überraschend im Kopf. Er stach zu wie eine Riesenhornisse. Er verteilte sein Gift blitzartig in Arme und Beine. Und dann, unmittelbar darauf, schüttelte eine eiskalte Welle meinen Körper. Denn der Schrei, der von irgendwoher aus dem Dunkel kam und mich erstarren ließ, kam aus tiefster Panik. Er musste aus einem menschlichen Körper kommen, der schlimmster Qual ausgesetzt war. Spitz war er und unmenschlich hoch. Dabei zog er sich unsagbar in die Länge und endete mit einem Laut, der zwischen einem verzweifelten Jammern in höchster Not und einem gräßlichen Lachen angesiedelt war.

In der fürchterlichen Stille, die darauf folgte, fühlte ich mich wie ein Kaninchen vor dem aufgerissenen Maul eines Tigers. Dass ich den Tiger nicht sehen konnte, machte es nur noch schlimmer. Er verdrängte alles aus meinem Bewusstsein. Bis auf den Gedanken, dass dies kein Traum war! Atmen war ein Risiko. Und als ich irgendwann doch nach Luft schnappen musste und mich selbst darüber entsetzte, schrie es wieder. Das heißt, zuerst hörte ich ein metallisches Geräusch, eine Art Reißen, das durch die Luft sirrte und dann von einem Schrei abgelöst wurde, der dem vorhergegangenen ähnelte, ihn in seiner Wirkung aber noch übertraf. Schweiß drang aus meinen Poren. Und von Schwindel ergriffen stürzte ich zu Boden.

Das also war der Augenblick, in dem die Geister Rache übten. Den warmen Erdboden unter mir, den modrigen Geruch von Blättern in der Nase, die schwärzeste Nacht um mich herum, lag ich da und hörte, wie sie sich näherten. Ohne das Gesicht auch nur einen Millimeter anzuheben konnte ich sie sehen. Einige waren klein, winzig. Sie schossen durch die Luft wie Insekten und gaben rasselnde, metallische Laute von sich. Andere, größere, hatten sich in den Bäumen über mir niedergelassen und grinsten, in bestialischer Vorfreude auf das, was geschehen würde, zu mir herab. Hätte ich die, die mir von Geistern erzählt hatten, doch niemals so lächerlich gemacht!

Und dann war es soweit. Das Rasseln näherte sich, veränderte sich, gewann an Intensität, vermischte sich mit Motorenklang und erstarb. Stimmen waren zu hören. Lichter tasteten sich durch Bäume und Buschwerk.

„Da liegt einer!"

Sie blieben neben mir stehen. Etwas stieß mich an.

„Ist er verletzt? Lebt er noch?"

Jemand ging neben mir in die Hocke.

„Der ist blau. Stinkt nach Mekong."

Stille.

„Los, wir nehmen ihn mit. Ins Krankenhaus."

Mir war es recht. Ich ließ alles mit mir machen. Nur, dass sie mich ziemlich unsanft irgendwohin auf einen harten Boden legten, gefiel mir nicht. Aber ich spielte den Bewusstlosen und hielt den Mund. Was hätte ich auch sagen sollen? Ich hatte genug damit zu tun, die Stöße, die das über Wurzeln und durch Schlaglöcher fahrende Tuktuk auf mich übertrug, einigermaßen abzuwehren. Zum Glück kümmerte sich niemand mehr um mich. Wer auch immer die Leute waren, die mich mitgenommen hatten: sie amüsierten sich lauthals über das, was sie erlebt hatten. Und als einer von ihnen den „Flight of the Gibbons" beim Namen nannte, wusste ich Bescheid. So sehr es sich auch noch drehte in meinem Kopf: ich konnte die Stahlseile, die sich durch die Baumwipfel ziehen, vor mir sehen. Auch die Leute, die, gut gesichert, in Gurten hingen und unter den Seilen rasselnd durch den Wald flogen.

„Wahnsinn!", sagte eine weibliche Stimme. Und es folgte das gräßliche Lachen, das ich schon kannte.

Tod eines Hundes

In den Ländern Asiens scheint das Leben schneller zu sein als bei uns im Westen. Das ist meine persönliche Erfahrung. Die Uhren gehen zwar nicht schneller, und das, was wir Fortschritt nennen, auch nicht. Die Menschen bewegen sich sogar langsamer. Aber dennoch: Das Leben wechselt schneller, unerwarteter. Den Eindruck habe ich. Öfter als bei uns führt es in Sekundenschnelle von einem extremen Zustand in den anderen. Das kann es bei uns im Westen zwar auch. Aber wenn man seine Ausschläge auf einer Skala messen könnte, etwa die des Glücks oder der Trauer oder der Hilflosigkeit, dann wären sie in asiatischen Ländern unerwartet hoch. Wer, aus dem Westen kommend, eine Weile dort gelebt hat, kann das bestätigen.

Als Mitfahrer in einem Minibus musste ich das innerhalb weniger Sekunden begreifen. Wir waren unterwegs auf der Nationalstraße 5 in Kambodscha. Sie verläuft südlich des berühmten Tonle Sap Sees in Richtung Nordwesten, und wir waren etwa auf halber Strecke zwischen Pursat und Battambang. Rechts der Straße breiteten sich die Überschwemmungsgebiete des Sees aus, der sich nach der Eisschmelze im Himalaya um ein Vielfaches ausdehnt. Kein Haus, nichts außer Büschen und Schwemmland war dort zu erkennen.

Der Tag ging allmählich zur Neige, und mit beginnender Dämmerung entstand eine wunderbar warme Atmosphäre um uns herum: Der Himmel spielte mit blassen und leuchtenden Farben, am Straßenrand flackerten kleine Feuerchen auf, Menschen saßen vor ihren Häusern und Hütten, aßen und tranken und schauten ihren spielenden Kindern zu, und selbst im verschlossenen Auto erreichten uns die Gerüche aus den Garküchen.

In diesem Teil der Welt wird es schnell dunkel. Am LKW vor uns, der mit Reissäcken beladen war, brannte längst die bunte Galerie der Rücklichter. Wir fuhren schon eine ganze Weile hinter ihm her. Vielleicht hätten wir ihn überholen können. Aber unser Fahrer schien nach einem Rastplatz Ausschau zu halten und hatte wohl kein Interesse an einem solchen Manöver; er hielt Abstand. Auf der linken Seite huschten die Lichter entgegenkommender Fahrzeuge vorbei, selbst rechts kamen uns Lichter entgegen; meist waren es die Scheinwerfer von Mopeds, die auf der ,falschen' Straßenseite fuhren.

Niemand im Bus sprach. Weder das kambodschanische Pärchen, das in Paris lebt und auf Familienbesuch war, noch der junge Brasilianer, der aus Brasilia stammt. „Nein, ich lebe gerne da. Ja, die Stadt ist ein bisschen künstlich, aber sie hat einen schönen See.", das hatte er mir während einer Rast erzählt. Doch jetzt waren alle still. Und alle schienen sich wohl zu fühlen in diesem Zustand. Auch der Fahrer sprach nicht. Ab und zu nur drehte er die Scheibe neben sich herunter und rotzte auf die Straße.

Diese Stunde des Tages muss man genießen! Die Hitze lässt nach, die Luft scheint auf einmal weicher zu sein, und es wächst die Vorfreude auf ein Bier, einen guten Bratreis oder gar eine kalte Dusche. Die Art von Müdigkeit, die sich jetzt bemerkbar macht, ist wie eine sanfte Massage. Wie ein Schwebezustand, über den man sanft hineingleitet ein kleines Nirvana. Nichts fehlt.

Bis zu unserem Ziel war es nicht mehr weit.

Plötzlich schreckt der Fahrer neben mir hoch. Mir ist sofort klar, warum, denn genau wie er sehe ich den Hund, der sich, bereits im Schweinwerferlicht des LKW's vor uns, anschickt, die Straße zu überqueren. Schon ist er unter dem riesigen Koloss vor uns verschwunden. Und nur Sekundenbruchteile später taucht er wieder auf.

Die Bremslichter des Reis-Transporters hatten nicht aufgeleuchtet. Hatte sein Fahrer gar nicht bemerkt, was sich da anbahnte? Umso deutlicher wir. Denn im grellen Licht unserer Scheinwerfer lag der Hund nun mitten auf der Straße, sich vor Schmerz und Pein windend. Zuckend, aber unfähig, sich fortzubewegen, kämpfte er einen wohl hoffnungslosen Kampf gegen den Tod.

Blitzschnell richtete ich mich auf in meinem Sitz, um ihn genauer zu sehen; ich konnte gar nicht anders. Und sein von einer auf die andere Sekunde zerschundener Körper, seine Bauchdecke, die sich in unserem Lichtkegel hob und senkte, hilflos allem ausgeliefert, das brannte sich wie ein unlöschbares Foto in meinen Kopf. Noch war kein Blut auf der Straßendecke zu sehen, aber tödlich verletzt schien das Tier an der Stelle festgenagelt, an der ihn wohl eines der gewaltigen Räder getroffen oder gar überrollt hatte, ein Bein in die Luft gestreckt, wie um Hilfe rufend.

Und dann sind auch wir schon über ihn hinweg. Unser Fahrer hatte nur eine Chance: den Bus so zu lenken, dass der Hund nicht noch einmal getroffen würde.

Ich glaube, niemand von uns hat sich umgedreht um zu sehen, was hinter uns geschah. Vielleicht hat jemand, der das Unglück beobachtet hat, das Tier von der Straße geholt, um seinem Körper noch Schlimmeres zu ersparen; vielleicht haben die Menschen nur starr am Straßenrand gestanden und voller Entsetzen geguckt; vielleicht wurde das Opfer von einem nachfolgenden Auto, dessen Fahrer das Unglück nicht beobachten konnte, endgültig in den Tod gerissen.

Es war ganz still im Bus, obwohl es in jedem von uns heftig arbeitete.

Und obwohl die anderen hinter mir saßen und kein Ton von ihnen zu hören war, wusste ich, was in ihnen vorging.

Zwei Minuten später erreichten wir die Tankstelle mit dem Restaurant. Der Fahrer parkte den Bus, stieg aus und setzte sich, sein Handy gezückt, an einen Tisch, wo er sofort bedient wurde.

Dann stiegen auch wir aus: das Pärchen, der junge Brasilianer und ich. Aber jeder von uns ging in eine andere Richtung.

Die perfekte Show

Unser Boot tuckert langsam flußab, so langsam, dass die Häuser an den Ufern in äußerster Zeitlupe an uns vorbeiziehen. Es sind ungewöhnliche Häuser. Sie erinnern an Spinnen mit langen, dürren Beinen unter einem prallen Leib, denn sie ruhen auf 10 oder noch mehr Meter hohen Pfählen. Von unten, vom lehmigen Boden aus, führen Treppen und Leitern nach oben, hinauf auf die Platt-formen, auf denen die eigentlichen Häuser stehen. Mal sind es kleinere, eher nur Hütten; mal riesig erscheinende, ausgedehnte wie Lagerhallen. Und alle komplett aus Holz. Einige bestehen nur aus den notwendigsten Teilen, andere sind mit farbigen Geländern versehen und rot-goldenen Hausaltären geschmückt. Keines ist jedoch ohne Bündel aus zusammengeknüpften Fischernetzen oder Reusen, die von den Leitern und Stützpfählen herabhängen. Und keines ohne Blumen, ohne üppige Wolken aus Hibiskus oder andere bunt blühende Büsche.

Unter und neben den Häusern, den Bug halb im Wasser, liegen die Boote, mit denen die Bewohner hinausfahren auf den Tonle Sap See, um zu fischen. Auch da gibt es große Unterschiede. Manche werden von starken Außenbordmotoren angetrieben, andere müssen von Hand gerudert werden.

Unser Boot passiert dutzende dieser Spinnen-Häuser auf dem Weg zum See. Und während wir zu ihnen hinüber starren und uns nicht sattsehen können, während wir aberhunderte Fotos machen, scheinen uns die Menschen in den Häusern nicht wahrzunehmen. Sie gehen ihrer Arbeit nach, die sich auf Hausbau und Fischfang konzentriert. Sie hämmern und sägen, waschen, entwirren Fischernetze, reparieren ihre Boote und ignorieren dabei völlig, dass wir sie fixieren wie die Affen im Zoo. Selbst die Kinder schauen nicht zu uns herüber. Es ist noch nicht lange her, dass sie jeden Meter, jede Sekunde hinter den Langnasen hergelaufen sind und scheu über deren Haut gestrichen haben; beim Anblick der Barang, der Touris aus dem Westen, weinen heute aber selbst die Babys nicht mehr.

Allmählich verschwinden die Häuser. Mangroven säumen nun den kleinen Fluss, der langsam breiter wird. Wir schauen nach vorn, sind gespannt auf den Tonle Sap, von dem so viel Erstaunliches erzählt wird. Beinahe unglaublich, dass der riesige See, der größte Südostasiens, sich in der Regenzeit auf das 5fache ausdehnt und seine Wassertiefe zur selben Zeit von nur 2 oder 3m bis auf 14m ansteigt. Deshalb die Häuser auf den Spinnenstelzen! Ihre Bewohner wollen auch bei höchstem Wasserstand in ihren Häusern bleiben und fischen können; der See ist eines der fischreichsten Binnengewässer der Erde und damit ihre Lebensversicherung.

Aber die Familien der Fischer leben nicht nur in den Häusern am Fluß, sondern auch in ‚schwimmenden Dörfern' auf dem See. Die ‚Dörfer' sind jeweils mehrere, miteinander vertäute und verankerte Hausboote; es soll Menschen geben, die sie seit ihrer Geburt noch nie verlassen haben. Ihr Leben spielt sich ausschließlich auf dem Wasser ab. Und es unterscheidet sich kaum von einem Leben an Land. Dass die Kinder allerdings weit früher als andere mit und im Wasser leben, ist selbstverständlich. Ihr Lebenselement scheint sogar eher das Wasser als ihr schwimmendes Haus zu sein. Als wir an einem der Dörfer anlegen, werden wir sofort von einer Bande strahlender, lachender Kinder umringt, die sich im Wasser an unsere Bootswände hängen.

An ‚Bord' des Dorfes empfangen uns zwei Frauen. Sie geleiten uns zu einer Art Achterdeck mit mehreren Tischen und verteilen, kaum, dass wir sitzen, einge-schweißte Speisekarten. Wir sind in einem Restaurant! Es ist später Nachmittag, die Sonne steht schon tief und wirft ein goldenes Band aufs Wasser, das vom Horizont bis dicht vor unser Boot reicht. Ein grandioser Anblick.

Die Show, die uns zum Essen geboten wird, kommt von den Kindern im See. Sie steigen sich gegenseitig auf die Schultern und tauchen sich unter. Dabei peitschen sie wohl nicht unbeabsichtigt das Wasser auf, so dass wir hin und wieder nass werden; als sie ,bemerken', dass wir von einer Fontäne getroffen sind, tun sie schuldbewusst, fangen aber nur kurz darauf an laut zu kichern. Später schwimmen sie mit zwei Hunden, die wohl auch an Bord leben, um die Wette. Und dann werden sie mutiger: sie steigen an Bord, klettern gewandt auf die Dächer der Häuser und springen mit Anlauf und in hohem Bogen in den See. Einer der Jungen zieht dabei die Aufmerksamkeit besonders auf sich: ein hübscher, kleiner Kerl, der unentwegt Possen reißt und uns immer wieder zum Lachen bringt. Einmal nimmt er einen der Hunde mit aufs Dach, läuft gemeinsam mit ihm an und hält im letzten Augenblick inne, so dass nur der Hund, der nicht mehr rechtzeitig reagieren kann, ins Wasser springt; das sieht zu komisch aus. Ein andermal taucht nach einem Sprung zunächst nur sein Arm aus dem Wasser auf - in der Hand ein Fisch! Und dann übt er sich in ,Kunstsprüngen' aller Art, unermüdlich und mit immer neuen Einfällen. Die anderen Kinder schauen ihm dabei zu und klatschen Beifall; der Kleine scheint von allen bewundert zu werden.

Doch dann passiert das Unglück: bei einem Anlauf gleitet er aus und stürzt mit einem Schrei ins Wasser. Aufgeschreckt lassen wir von unserem Essen ab und starren auf die Stelle, wo er untergetaucht ist. Viele lange Sekunden lang. Doch der Junge kommt nicht wieder an die Oberfläche. Als die anderen Kinder begriffen haben, was passiert ist, springen sie hinterher und tauchen hinab in das trübe Wasser, kommen wieder hoch und tauchen immer wieder hinunter. Doch der Verunglückte bleibt verschwunden.

Von dem übermütigen Lachen und Schreien ist nichts mehr zu hören. Wir schweigen bestürzt und wissen nicht, was wir tun sollen. Nach und nach klettern die erfolglosen Kinder wieder an Bord, setzen sich erschöpft auf die Planken und gucken uns an, als erwarteten sie Hilfe von uns. Oder als sähen sie in uns die Schuldigen.

Da erscheint unser Bootsführer. Er ist unruhig und fordert uns eilig auf, zügig zu bezahlen und sein Boot zu besteigen. Er will weg von hier! Und er wird schon wissen, warum. Schuldbewusst und großzügig blättern wir mehr Dollarscheine als nötig auf den Tisch. Bis die Kinder plötzlich anfangen erst zu kichern, dann laut herauszuprusten. Als wir sie verständnislos angucken, zeigt einer von ihnen in unseren Rücken: das steht der Possen reißende, schon ertrunken geglaubte Kunstspringer und lacht uns an. „Okay!", ruft er. „Okay, okay,

okay!"

Wir sind zutiefst erleichtert; jedem einzelnen von uns fällt ein Stein vom Herzen.

„Show very good!", sagt der kleine Kerl und grinst uns an, überaus charmant. Und nach und nach begreifen wir die ganze Inszenierung.

Chaya und Botum

Wir bilden unsere Meinung nach den Maßstäben, die wir verinnerlicht haben. Unsere Bewertung und unser Urteil gründen auf die Erfahrungen, mit den wir aufgewachsen und sozialisiert sind. Theoretisches Wissen und Toleranz öffnen zwar Spielräume, in denen wir uns selbst infrage stellen, aber die Gefühle, die wir im Laufe unseres Lebens entwickelt haben, sind stärker und lassen sich nicht versachlichen.

Das gilt vor allem für das, was wir aus anderen, uns fremden Kulturen und Gesellschaften wahrnehmen. Denn dann stoßen zwei Wirklichkeiten aufeinander. Und wir müssen einräumen, dass unsere emotionalen Reaktionen vielleicht ganz andere sind als die der Menschen, in deren Welt sich die Geschichte ereignet hat. Und dass sie ihnen nicht gerecht werden. Was uns traurig, unmenschlich, unverständlich oder auch witzig und originell erscheint, stellt sich in einem anderen kulturellen Rahmen eventuell ganz anders dar.

Ein holländisches Paar, das in Siem Reap seit vielen Jahren eine Grundschule für die Ärmsten der Armen aufbaut und dabei mit vielen Khmer in engeren Kontakt kommt, erzählte mir von zwei jungen Menschen: Chaya und Botum. Beide haben ein für unser Verständnis schweres Schicksal. Doch aus der kambodschanischen Kultur heraus kann es anders verstanden werden, ‚normaler'.

Die eine Geschichte ist die von Botum. Botum ist 15. Sie lebt mit ihren beiden wesentlich jüngeren Brüdern im Haus der Großmutter; ihre Eltern sind kurz hintereinander gestorben. ‚Haus' ist nicht die richtige Bezeichnung; auch ‚Hütte' ist zu positiv. Denn die Behausung, in der die 4 Menschen leben, ist nicht mehr als ein kümmerlicher Bretterverschlag. Geld ist so gut wie keines vorhanden. Botum erhält allerdings eine regelmäßige Zuwendung von einer kleinen holländischen Hilfsorganisation.

Dieses bisschen Geld macht ihr das Leben schwer. Denn die ebenso armen Nachbarn reagieren darauf mit Eifersucht und Neid. Das Verhältnis zwischen ihnen und Botum verschlechtert sich. Botum fühlt sich gemieden und sogar ausgestoßen; sie wagt es kaum noch, sich in der Nachbarschaft sehen zu lassen.

Dann erkrankt die Großmutter. Botum versucht

sie zu pflegen. Doch das ist unmöglich. Die Hilfsorganisation, die davon erfährt, bringt die Großmutter ins Krankenhaus.

Das verbessert die Situation Botums aber keineswegs. Denn nun muss sie, wie in Kambodscha üblich, ihre Großmutter im Krankenhaus versorgen. Das Personal im Krankenhaus ist nicht dafür zuständig. Botum muss für ihre Großmutter kochen, sie waschen und mit frischer Kleidung versorgen. Und das 24 Stunden am Tag. Die Nächte muss sie unter der Liege der Großmutter verbringen.

Dazu kommt ihre Sorge um die jüngeren Brüder. Es ist schwer für Botum, sich tagsüber kurz nach Hause zu stehlen und für die beiden Jungen etwas zu essen zuzubereiten.

Und der Zustand der Großmutter verschlechtert sich zusehends...

Botums Geschichte ist noch nicht zu Ende; Chayas Geschichte dagegen ist vorläufig abgeschlossen:

Chaya war 8 Jahre alt, als seine Eltern plötzlich verschwanden und nicht wieder auftauchten. Ein Mönch nahm ihn als Novize in seinem Kloster auf. Chaya wurde, wie üblich, das Kopfhaar geschoren, und er bekam ein safranfarbenes Mönchsgewand. Doch er war alles andere als ein vollwertiger Novize. Er hatte den Hof zu kehren, die Roben der Mönche zu waschen und andere niedere Arbeiten zu verrichten. Er war nicht mehr als eine billige Arbeitskraft.

Bis ein Lehrer aus der Grundschule der Holländer auf diese Situation aufmerksam wurde. Er beobachtete Chaya eine Weile und holte ihn dann aus dem Kloster; der Direktor der Grundschule hatte ihm zugesagt, den Jungen aufzunehmen, für Nahrung und Unterkunft zu sorgen und ihn am Unterricht teilnehmen zu lassen.

Zur Freude aller entwickelte Chaya sich großartig. Er verpasste keine Unterrichtsstunde. Er saugte den Lehrstoff auf wie ein Schwamm und es schien, als könne er nicht genug lernen. Er entwickelte sich von einem mißtrauischen, verschlossenen Jungen zu einem fröhlichen, offenen, hilfsbereiten Freund aller.

Seine große Vorliebe war der Englisch-Unterricht. Chaya liebte es, die Sprache zu lernen und bei jeder Gelegenheit auszuprobieren. Der Schuldirektor bemerkte das natürlich und versorgte den jungen Mann mit Büchern. Und er machte sich Gedanken, wie es nach dem Ende der Schulzeit mit Chaya weitergehen könnte.

Als er ziemlich genau 5 Jahre gelernt hatte - er war jetzt 16 Jahre alt - tauchten seine Eltern plötzlich wieder auf. Der Direktor konnte beobachten, wie heftig Chaya zusammenzuckte, als sie vollkommen unerwartet das Schulgelände betraten. Aber er musste sich der Situation stellen.

Im Gespräch mit den Eltern erfuhr der Direktor, dass sie etliche Jahre in Thailand im Gefängnis gesessen hatten. Wegen ‚illegal border crossing'. Nach dem Absitzen ihrer Strafe waren sie nach Kambodscha abgeschoben worden. Jetzt standen sie vor ihm und machten Ansprüche geltend. Ansprüche auf ihren Sohn, den sie als Arbeitskraft haben wollten.

Der Direktor versuchte den beiden klarzumachen, dass ihr Sohn kurz vor dem Schulabschluss stand und mit diesem Abschluss die Berechtigung auf ein Studium erwerben würde. Damit hätte er eine erfreuliche Zukunft vor sich.

Chayas Eltern dachten nach. Das Ergebnis: sie wollten ihren Sohn gerne in der Schule lassen, wenn diese ihnen monatlich 150 US$ bezahlen würde, sozusagen als Entschädigung.

Die Schule, so gerne sie es getan hätte, konnte diese Forderung nicht erfüllen. Chaya musste mit seinen Eltern gehen.

Lange Zeit war von ihm nichts zu sehen und zu hören. Erst ein Jahr später hat der Direktor ihn wiedergesehen: als Eisverkäufer am Straßenrand. Als Chaya ihn auch sah, versuchte er schnell, sich zu verstecken.

Sophy

Sophy wird bald 14. Wir kennen sie seit 4 Jahren. Damals hatten wir in einem Café in Siem Reap einen fruit shake getrunken, und Sophy war uns aufgefallen: sie saß mit ihrer Cousine an einem Tisch und starrte sie voller Bewunderung an. Die Cousine hatte nämlich begonnen Englisch zu lernen und schrieb, voller Stolz, Vokabeln in ein Heft.

Einer jungen Frau hinter dem Tresen war unser offensichtliches Interesse nicht entgangen. Sie kam an unseren Tisch und fragte, ob sie sich setzen dürfe. Dann erzählte sie uns von Sophys Cousine. Ihre Eltern seien sehr arm und könnten nicht die zwei oder drei Dollar am Monatsende an ihren Lehrer bezahlen; offiziell sei der Unterricht zwar kostenfrei, aber da die Lehrer mit ihrem Gehalt nicht auskämen, seien sie gezwungen, ab und zu die Hand aufzuhalten.

Wieso die Cousine dennoch zur Schule gehen und

Englisch lernen könne, wollten wir natürlich wissen.

Weil sie von einem Paar aus Neuseeland unterstützt würde. Jahr für Jahr mit etwas 200 - 300 US$. Bis zum Schulabschluss.

Die junge Frau, die einen seriösen Eindruck machte, erklärte uns die Verabredung: die Neuseeländer würden ihr das Geld überweisen, und sie selber würde die für die Cousine anfallenden Kosten, wenn sie anfallen, begleichen. Das sei nicht nur das ,Honorar' für die Lehrer, sondern auch für eine private Englisch-Schule. Außerdem Material für den Unterricht und ab und zu auch mal irgendein ,Extra', z. B. ein einfaches Fahrrad, das sie brauche, um damit zur Schule zu fahren. Selbstverständlich würde sie genaue Rechenschaft über die Ausgaben geben und den Neuseeländern über den Werdegang der Cousine berichten.

Um es abzukürzen: Wir fanden dieses Modell großartig. Da wurde einem jungen Mädchen die Chance für eine gute Ausbildung gegeben - und das zu einem für uns geringen Preis. Und so vereinbarten wir mit der jungen Frau, sie heißt Songim, ein gleiches Modell.

Ein paar Tage später haben wir, mit Songim als Übersetzerin, auch Sophys Eltern kennengelernt. Sie waren ins Café gekommen und saßen aufrecht und unsicher an einem Tisch. Auch wir waren unsicher, aber natürlich in einer angenehmeren Lage. Wir fragten sie, ob sie mit dem

Modell der Kostenübernahme für Sophys Schulbildung einverstanden seien. Ja, sagten die Eltern sehr leise. Wir konnten uns vorstellen, wie ihnen zumute war. Und es drängte uns zu erklären, warum wir so handeln wollten. Der Grund sei, dass wir schon mehrmals in Kambodscha gewesen seien und immer nur gute Erfahrungen gemacht hätten. Und dass wir jetzt eine Möglichkeit sähen, unseren Dank auszudrücken.

Das Modell funktioniert seit 4 Jahren. Wir überweisen Geld und Sophy lernt. Auch sie hat ein Fahrrad bekommen. Und wir nach einem Jahr den ersten, von Sophy geschrieben und von Songim eingescannten Brief per mail in englischer Sprache. Die Berichte, die Songim versprochen hatte, sind zwar sehr knapp und die Belege für die Ausgaben fehlen inzwischen ganz. Aber: Sophy hat ihre Ausbildung nicht abgebrochen, obwohl die Familie vor zwei Jahren einen schweren Schicksalsschlag erlitten hatte: Die Großmutter väterlicherseits war gestorben, die sich um Sophys jüngere Brüder gekümmert hatte. Deshalb musste Sophys Mutter nun diese Aufgabe übernehmen und fortan zu Hause bleiben, was bedeutete: sie musste ihre Arbeit als Näherin aufgeben. So schmolz das Einkommen der Familie spürbar zusammen. Bei einem Besuch vor zwei Jahren musste Songim - es war ihr sichtlich unangenehm - sogar mit der Bitte herausrücken, ob ich für die Familie 100 kg Reis kaufen könne; sie brauchten ihn dringend, könnten ihn aber nicht bezahlen.

Doch die Familie hat es geschafft, den Rückschlag zu überwinden. Von den 6 oder 7 US$, die der Vater täglich als Bauarbeiter verdient, hat er wohl etwas zurücklegen und vor kurzem die Anzahlung für ein Tuktuk leisten können. Damit kann er nach seiner Arbeit auf dem Bau noch zwei oder drei Stunden fahren. Seine Kunden sind zwar ‚nur' Khmer, die natürlich weniger zahlen als Touristen, aber da der Vater kein Wort Englisch spricht, hat er keine andere Möglichkeit.

Soweit die zurückliegende Geschichte.

Als ich in diesem Jahr wieder nach Siem Reap kam, im Gepäck ein gebrauchtes Smartphone für Sophy, fragte sie mich, ob ich die Familie zu Hause besuchen wolle. Natürlich wollte ich! Doch dieser Besuch hat mich an die Grenzen meines Verständnisses für die Khmer-Kultur geführt.

Sophys Vater holte mich am Café ab, weil ich den Weg zu ihnen nach Hause nicht so leicht finden würde. Als ich zur verabredeten Zeit dorthin kam, stand er schon da. Er lud mein Fahrrad (mit dem zurück ich den Weg in die Stadt allein finden würde) in sein Tuktuk und verschnürte es sorgfältig, so dass es nicht verrutschen konnte.

Die paar Kilometer, die wir über die National 6 Richtung Phnom Penh fahren mussten, waren im offenen Tuktuk eine Qual; es war nicht nur die Hitze am frühen

Nachmittag, sondern auch die stickige, dreckige Luft aus Staub und Abgasen, die allen zu schaffen macht. Irgendwann bogen wir nach rechts ab und fuhren hinein in eine weniger besiedelte Region, und dann erreichten wir das Haus der Familie.

Auf den ersten Blick standen und saßen da etwa 10 Erwachsene, außerdem etliche Kinder. Sie hatten auf mich gewartet. Später erfuhr ich, dass es nicht nur die Familie war, sondern dass auch einige der Nachbarn gekommen waren.

Sophys Mutter begrüßte mich, und ich überreichte ihr eine große Tüte mit frischem Obst: Ananas, Bananen, Mangos, Drachenfrüchte. Die Tüte war sofort verschwunden, ich habe sie nie mehr wiedergesehen.

Kaum war ich ausgestiegen, schob Sophy einen Stuhl zu mir, auf den ich mich setzen sollte. Das tat ich aber nicht, weil ich nicht da sitzen wollte wie ein Kolonialbeamter inmitten ,seines' Volkes. Ich blieb stehen und fragte Sophy und ihre Cousine, die glücklicherweise auch gekommen war, wer wer sei. Die Cousine übernahm sofort die Kommunikation, weil sie, obwohl sie nur ein Jahr länger gelernt hatte, deutlich besser Englisch spricht als Sophy. Das machte es nicht leichter für mich, denn ich musste mit ansehen, dass Sophy sich scheu zurückhielt. Zwar sprach ich sie immer wieder direkt an, doch ihr Englisch ist einfach noch zu schlecht. „She is poor in grammar!", erklärte die Cousine ohne es böse oder gar überheblich zu meinen.

Das Gespräch gestaltete sich immer schwieriger, weil alle Initiative von mir ausgehen musste. Ich fragte und fragte und fragte, bis mir nichts mehr einfiel. Währenddessen wurde ich aus allen Richtungen angestarrt; zu gern hätte ich gewusst, was Eltern und Nachbarn gedacht haben. Angeboten wurde mir allerdings nichts. Weder etwas zu trinken noch eine Kleinigkeit zu essen. Ich musste an die schöne Obsttüte denken.

Dann fragte die Cousine, ob ich Fotos machen wolle? Aufatmen! Sie und Sophy zeigten mir Motive, als wüssten sie ganz genau, was einen Ausländer wie mich interessiert: die Küche, der Schlafraum, die Vorräte, der Hausaltar. Mich wunderte, mit welcher Offenheit sie mir auch Intimes zeigten, etwa das Bett der Eltern. Die Cousine erklärte, Sophy schwieg. Es muss eine ziemlich unangenehme Situation für sie gewesen sein, in der zweiten Reihe zu stehen.

Nach dem Rundgang standen wir dann wieder vor all den anderen. Ich guckte auf meine Uhr. Sofort fragte die Cousine, die das bemerkt hatte, ob ich denn den Rückweg auch allein finde. Und der Vater, der das alles richtig interpretiert hatte, stellte mein Fahrrad in Fahrtrichtung auf.

Als ich nach vielem Winken auf meinem Rad

saß und außer Sichtweite war, müssen sie alle erleichtert gewesen sein - alle, außer der Cousine vielleicht. Ich war es auch. Ich trat wie befreit in die Pedale. Doch bald spürte ich, dass ich nicht befreit war. Ich sah Sophys Gesicht vor mir, das deutlich ausdrückte, wie zurückgesetzt sie sich fühlte. Und ich spürte noch einmal meine Unfähigkeit, ihr aus dieser Situation herauszuhelfen.

Mit Geld ist eben nicht alles machbar, dachte ich und fand das noch im selben Augenblick abgedroschen. Aber es stimmt ja.

Der rote Reisepass

*E*s ist unangenehm, seinen Reisepass aus der Hand geben zu müssen. Ohne seinen Pass fühlt man sich festgesetzt, ‚trapped‘, wie die Engländer sagen.

Ich hatte aber keine andere Möglichkeit, denn ich musste mein Visum verlängern lassen. Dazu musste das Reisebüro in Siem Reap den Pass in die Hauptstadt schicken.

Wie lange das dauert? 10 Arbeitstage!

Ich ließ mir eine Kopie meines Passes inclusive des noch gültigen Visums anfertigen und bezahlte die hohen Gebühren.

10 Arbeitstage später betrat ich das Reisebüro, um meinen Pass wieder abzuholen. Im Hinterkopf der quälende Gedanke, dass er aus irgendeinem Grund noch nicht wieder zurück sei oder Schlimmeres.

„Hello!"

Hinter dem breiten Tresen saßen zwei junge Frauen und fragten, was sie für mich tun könnten.

„Ich möchte meinen Reisepass abholen."

„Haben wir Sie angerufen?" Das klang nicht gerade aufmunternd.

„Nein. Aber Sie sagten ja: 10 Arbeitstage, und die sind heute vorbei."

Die eine der beiden Frauen musterte mich skeptisch. Ich schob ihr die Quittung für meinen Pass über den Tresen und wartete. Sie wartete auch. Worauf, weiß ich nicht. Schließlich griff sie unschlüssig nach zwei blauen Reisepässen, die, von einem Gummiband zusammengehalten, neben ihrem Computer lagen.

„Mein Pass ist rot!", sagte ich.

Sie zog das Gummiband ab und begann, in dem einen der blauen Pässe zu blättern.

Mit einer Spur Ungeduld in der Stimme, denn ich ahnte Schlimmes, erklärte ich noch einmal, dass mein Pass rot sei. Meine Bedienung zog daraufhin endlich meine Quittung zu sich heran, warf einen flüchtigen Blick darauf und machte sich dann an ihrem Computer zu schaffen.

Ich war zum Warten verurteilt.

Die andere junge Frau löffelte irgendetwas aus einer Styroporschale und lächelte mich an.

Der Computer schien keine wesentliche Information bereitzuhalten. Als die Bedienung das erkannt hatte, ließ sie von ihm ab und wandte sich erneut den beiden blauen Pässen zu.

„Nein, das kann nicht sein. Mein Pass ist rot. Es ist ein deutscher Pass, aus der Europäischen Union."

Mein Gott!, dachte ich, du hast es ja geahnt. Ein Belgier hatte mir nämlich erzählt, dass sein Pass buchstäblich ‚auf der Strecke' geblieben sei, weil der Motorradkurier, der die Pässe nach Phnom Penh bringen sollte, auf der Straße in einen Unfall verwickelt worden sei. Er hatte fast 3 Wochen auf seinen Pass warten müssen. So hieß es jedenfalls.

Was nun?

Die beiden Damen sahen sich an. Die ‚andere' löffelte unbeeindruckt weiter aus ihrer Styroporschale. ‚Meine' angelte nach ihrem Smartphone.

„Ich muss telefonieren."

Offenbar wusste sie aber nicht, mit wem. Sie wählte verschiedene Nummern, presste ihr Handy jeweils kurz an ihr Ohr, schien aber keinen Gesprächspartner zu erreichen.

Der Verzweiflung deutlich näher gekommen, sah ich mich in dem Büro um. Dabei fiel mein Blick auf einen kleines Bündel weiterer Pässe, auch die von einem Gummiband zusammengehalten. Sie lagen etwas abseits auf einem Stapel von Papieren. Ihre Farben? Ich konnte nur die des oberen erkennen, und die war blau.

„Was ist das da?", fragte ich.

Meine Bedienung beugte sich mühevoll zu den Pässen hinüber und nahm sie an sich. In für mich aufreizender Langsamkeit, um nicht zu sagen: Schläfrigkeit, entfernte sie das Gummiband und nahm den obersten, blauen Pass in die Hand.

„Ist das Ihrer?"

„Meiner ist rot. Welche Farbe haben die anderen?"

Es waren insgesamt nur drei Pässe, aber der unterste war rot. Meine Hoffnung war auf wunderbare Weise wiederbelebt.

Die Bedienung nahm den roten und klappte ihn auf. Sah sich irgendetwas sehr, sehr genau an. Dann hielt sie mir den Pass aufgeklappt mit meinem Passfoto entgegen und fragte mich:

„Sind Sie das?"

„Ja!", sagte ich. Ich habe mein schreckliches Passfoto noch nie so gerne gesehen.

„Okay", sagte die Bedienung, „Thank you!"

Als ich das Reisebüro verließ, lächelten mich die beiden Damen an. Ob mein Lächeln genau so charmant war wie ihres, weiß ich nicht.

Cappuccino oder Chang?

Die erste Geschichte in diesem Bändchen hat nicht in Kambodscha gespielt, die letzte tut es auch nicht; die habe ich in Thailand erlebt, in Chiang Mai.

Am Himmel stand der Mond. Von meinem Tisch aus konnte ich ihn gut erkennen; er stand da in seiner vollen Pracht und war mehr als nur dekorativ. Doch daran habe ich nicht gedacht, als ich meine Khao Soi aß. Diese wunderbare Suppe mit den gerösteten Nudeln ist eine Spezialität im Norden von Thailand, und wenn man sie isst -und sie richtig zubereitet wurde!-, erfordert sie große Aufmerksamkeit. Denn jeder Löffel ist, wie man anderswo sagen würde, ein Unikat. Jeder schmeckt ein bisschen anders, aber jeder einzelne ist unvergleichlich mit allen anderen Suppen, finde ich. Und dazu die Dunkelheit, die aus der Bruthitze des Nachmittags eine Schmeichelei für die Haut gemacht hatte: es konnte mir nicht besser zumute sein!

Egal, was um mich herum geschah, unbeeindruckt vom Geschrei der fliegenden Händler auf der Straße, stand der Mond am Himmel. Bei seinem Anblick musste ich an die Wasserbüffel denken, die ich so liebe, weil sie sich durch nichts verunsichern lassen. Doch der Mond hat ihnen etwas voraus: auch er lässt sich durch nichts verunsichern, doch obendrein ist er unnahbar (wenn man von einigen historischen Momenten absieht). Er ist einfach nur da und leuchtet. Man kann sich auf ihn verlassen wie auf fast nichts anderes.

Als ich so dachte nach der herrlichen Suppe, hatte ich nur noch einen Wunsch. Ein Bier! Ich hatte Lust auf ein kühles Bier, in kleinen Schlücken einen nach dem anderen getrunken, bis sich die abendliche Müdigkeit einstellen und ich in mein Bett krabbeln würde. Die air condition würde leise rauschen, der Mond würde über dem Dach des Hotels stehen und wachen, und beim Einschlafen würde ich den kommenden Tag vor mir sehen.

Also bezahlte ich die Khao Soi, ging und steuerte eines von meinen ‚Stammlokalen' an. Es liegt an einer Straße, über die in den Abendstunden viele Menschen flanieren und es also einiges zu sehen gibt. Vor allem ältere Touristen halten sich dort auf, trinken schweigend ihr Bier und essen Sticky Rice Mango oder etwas anderes Süßes. Wenn man nicht will, wird man nicht von jungen Frauen umgarnt; man kann einfach da sitzen und zu einem fairen Preis ein frisches Bier trinken.

Aber seltsam: das Lokal war geschlossen. Das hatte ich noch nie erlebt. Jeder Tag, jeder Abend in der ‚high season' war bares Geld, das über die touristenarme ‚dry season' hinweghelfen würde. Doch Stühle und Bänke standen auf den Tischen, und vor dem langen Tresen waren die Rollläden heruntergelassen. „Sorry!", stand da auf einem handgeschriebenen Blatt, „Wednesday back again!"

Das kam mir zwar ein bisschen unwirklich vor, aber es gibt ja auch noch andere Lokale. Ich machte mich unverzüglich auf den Weg zu meinem zweiten Stammlokal und erlebte dort dasselbe. „Sorry!"

Was sollte das bedeuten?

Langsam, enttäuscht schlug ich den Weg zu meinem Hotel ein. In der Hoffnung, unterwegs noch ein schönes Plätzchen für ein Bier aufzutreiben. Doch ich war mir nicht sicher, ob ich erfolgreich sein würde, denn viele der Bars in der Stadt leiden für meinen Geschmack unter ‚musikalischem' Gewummere, unter unangenehmen männlichen Touristen oder Animierdamen, die nicht animieren.

Aber ich stieß tatsächlich auf ein kleines Restaurant, das ganz passabel aussah. Wahrscheinlich war ich schon viele Male achtlos an ihm vorübergegangen, doch jetzt, unter diesen Umständen ...

An einem der Tische saß ein sympathisch aussehender Mann und hatte einen Fruchtshake vor sich stehen. Er nickte mir freundlich zu. Ich zögerte nur kurz, aber das veranlasste die aufmerksame, mindestens 60 Jahre alte Bedienung mir sofort die Getränkekarte in die Hand zu drücken. Die große Flasche Chang-Bier - Chang heißt ‚Elefant' - war zwar ein bisschen teurer als in meinen Stammlokalen, aber was soll's: hier würde ich doch noch ein Bier bekommen.

Ich bestellte und wartete. Normalerweise steht die Flasche innerhalb von Sekunden auf dem Tisch. Diesmal dauerte es länger. Aber ich hatte ja Zeit. Dass ich kurz vor einer gründlichen Überraschung stand, war mir immer noch nicht klar.

Irgendwann tauchte eine sehr viel jüngere als die 60jährige auf und stellte einen große Keramiktasse vor mich auf den Tisch. „No!", sagte ich sofort, „Chang Beer!" Es war zwar eine sehr geschmackvolle Keramiktasse mit einem netten, eingebrannten Muster, aber ich hatte ein Bier bestellt und keinen überdimensionierten Cappuccino.

Die junge Bedienung hielt mir etwas verschämt eine Flasche vor die Nase, eine angebrochene Chang-Flasche, lächelte ein verschmitztes Lächeln und verschwand mit der Flasche irgendwo im Inneren des Ladens.

Ich starrte ungläubig auf die Tasse. Der Schaum

auf dem Cappuccino sackte nämlich eigenartig schnell in sich zusammen, und es war nicht zu übersehen, dass sehr schnell hintereinander sehr viele winzige Bläschen platzten. Und dann begriff ich: der Cappuccino war keiner, er war ein Bier!

Ich war empört! Wo hatte ich so etwas schon mal erlebt! Ein Bier aus einer Tasse trinken!

Ich schaute mich nach der älteren Bedienung um, und die kam auch sofort. „Was soll ich mit einem Bier in einer Tasse?" Und: „Warum wird die dazugehörige Flasche nicht auf meinem Tisch abgestellt?" Ich giftete die Frau an, die sich meine Philippika schweigend gefallen ließ und machte ihr klar, dass ich ein Glas anstelle der Tasse haben wollte. Und die Flasche auf den Tisch!

Wie unrecht ich ihr tat!

Sie setzte sich zu mir und schaute mich freundlich an in meiner groben Unwissenheit. „Tomorrow glass!", sagte sie, „today no glass!" Und dann versuchte sie mir in ihrem unnachahmlichen Pidgin-Englisch zu erklären, was ich nicht wusste. „Today holiday!", sagte sie, „big holiday!"

Während sie nach den passenden Wörtern suchte, was ihr nicht leicht fiel, bemerkte ich, dass die jüngere Bedienung in schöner Regelmäßigkeit aus dem Lokal an die Straße trat und - es war eine Einbahnstraße - immer wieder nach links schaute; sie schien sich für die Autos zu interessieren, die da auftauchten und am Restaurant

vorbeifuhren.

Und die Alte? Sie stellte mir eine Frage, von der ich zunächst glaubte, sie mißverstanden zu haben: „Christian?" Ich fragte ein paarmal nach, aber erst nachdem sie auf sich selbst gezeigt und „Buddha" gesagt hatte, begriff ich: Ob ich Christ sei?

Ich bestätigte ihre Frage und wartete auf die nähere Begründung.

„Buddha", sagte sie. „Today Makha Bucha. Big holiday!" Und als sie mein Unverständnis wahrnahm, beugte sie sich zu mir herüber und flüsterte: „Makha Buch no alcohol! Police look look!"

Und dann, im selben Augenblick, als sich auf der weißen Wand mir gegenüber ein eigenartiges, blau auf-

und abflammendes Lichtspiel ergab und draußen langsam ein Polizeiwagen vorüberfuhr, fiel endlich der Groschen: Es durfte heute kein Alkohol öffentlich ausgeschenkt werden. Es war ein buddhistischer Feiertag, Makha Bucha, ein Feiertag zur Erinnerung an eine bedeutende Rede, die Buddha vor einer großen Zahl junger Nachfolger gehalten hatte. Dieser Tag fällt jedes Jahr auf den Vollmond im dritten Monat des buddhistischen Kalenders.

Wie leid mir meine empörten, aggressiven Fragen auf einmal taten! Und mit welcher tiefen Überzeugung ich mich bei der Alten entschuldigte! Sie war ein Risiko eingegangen, um mir einen Gefallen zu tun.

„Come back tomorrow!", versprach ich, als ich bezahlt hatte und mich von ihr verabschiedete.

Sie schaute mich mit großer Wärme an.

„Tomorrow glass!"